Lübbert R. Haneborger

Utflücht an de Küst

Neje Vertellsels up Platt
ut dat Oost-Freesland van vandaag

Plattdeutsche Kurzgeschichten von heute –
Reihe Literatur

edition Küsten Kompass
#Geschichte(n) zwischen Land & Meer

Über dieses Buch

In 15 neuen Kurzgeschichten erzählt dieser Band pointiert von liebenswerten Mitmenschen an der ostfriesischen Nordseeküste. Schnell fällt dabei auf, dass die Küstenbewohner gar nicht so einfältig oder einsilbig sind, wie oft beschrieben. Vielmehr begegnen hier Zeitgenossen, die sich auf findige und norddeutsche Art mit den Herausforderungen der Gegenwart auseinandersetzen.

Egal, ob es gilt, dem Geheimnis eines abbruchreifen Hofes auf die Spur zu kommen, das Homeoffice als Chance für das Klima zu begreifen oder einem Schreibwettbewerb die persönliche Note zu verleihen. Jede Wendung ist möglich in diesen kleinen Komödien, Dramen und Kurzkrimis – und oft kommt sie dennoch überraschend.

Doch erst durch die plattdeutsche Sprache gewinnen diese kleinen Erzählstücke Charme und Charakter und schließlich auch: eine ganz eigene poetische Kraft.

Lübbert R. Haneborger

Utflücht an de Küst

Neje Vertellsels up Platt
ut dat Oost-Freesland van vandaag

Neue plattdeutsche Kurzgeschichten
aus dem Ost-Friesland von heute

edition Küsten Kompass
#Geschichte(n) zwischen Land & Meer

❧ Inhalt ❧

Utflücht an de Küst

Zugabe / Bigaav:

Anhang / Anhang:

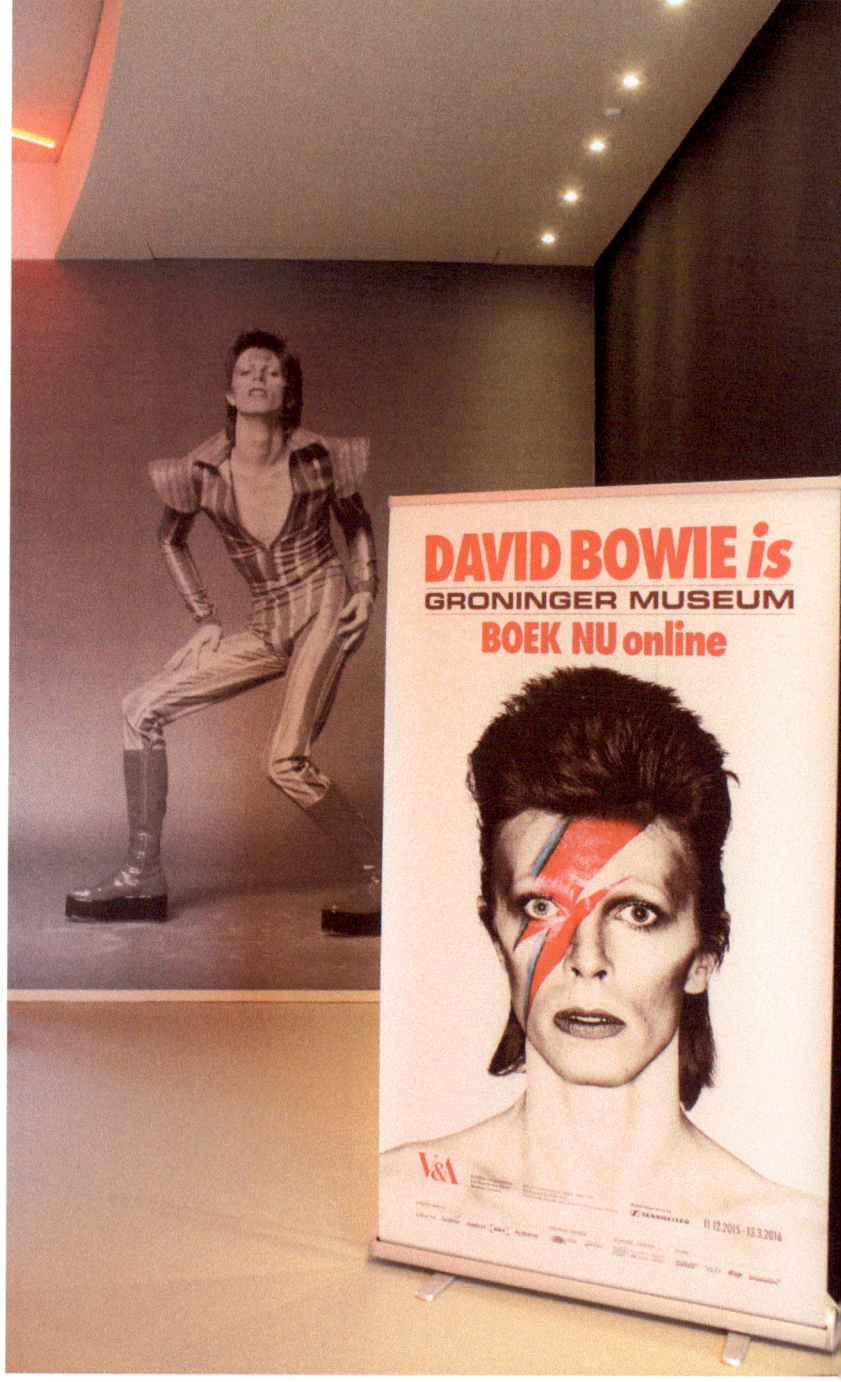

Mit Bowie auf dem Tellerrand balanciert

An das Gespräch mit Andreas Blühm, dem deutschen Direktor des Groninger Museums, erinnere ich mich noch gut und gerne. Das hatte auch mit der intensiven multimedialen Ausstellung zu tun, die eröffnet wurde, als ich ihn traf. An jenem 10. Dezember 2015 machte die erdumspannende Schau „David Bowie is …" Station in der unaufgeregten niederländischen Studentenstadt und sollte tags darauf eröffnet werden. Sie zeigte, spannend inszeniert, authentische Bühnenkostüme, handgeschriebene Songtexte, eigene Gemälde, Instrumente, Konzertvideos und viele weitere Devotionalien aus dem privaten Fundus des britischen Ausnahmemusikers. Als Chamäleon des Artrock und virtuoser Seiltänzer über den Sphären unterschiedlichster Musikstile hatte Bowie längst einen festen Platz in der Musikgeschichte. Vergessen schienen die frühen Jahre seines existenzgefährdenden Spiels mit Drogen, doch forderten sie, bewusst vor der Öffentlichkeit verheimlicht, längst ihren Tribut.

Scheinbar passend zur Groninger Ausstellung war am 19. November 2015 die Single „Blackstar" erschienen, am 8. Januar 2016, Bowies 69. Geburtstag, folgte das gleichnamige 26. Studioalbum. Unmittelbar nach seiner Veröffentlichung erwies es sich als sein Vermächtnis: Schwer erkrankt, starb Bowie einen Monat nach dem Beginn der niederländischen Ausstellung und nur zwei Tage nach dem Verkaufsstart des Albums, am 10. Januar 2016.[1]

Zu seiner Musik mag man stehen, wie man möchte. Die selbstgewählten Rollen jedoch, in die Bowie immer wieder schlüpfte, bedeuteten eine bewusste Abgrenzung und Entgrenzung. So, als ob er über den Tellerrand blickte, indem er auf ihm balancierte und hierdurch der Gesellschaft einen Spiegel vorhielt. Nicht zufällig waren seine schillernden Kunstfiguren – so wie „Major Tom", „Ziggy Stardust" oder „The Man who fell to Earth" – zunächst gar in außerirdischen Weiten unterwegs, bevor ihnen irdischere Personifikatio-

---

[1] Meine Ausstellungsbesprechung erschien unter der Überschrift: „Requiem für eine Pop-Ikone" (über den Tod von Popstar David Bowie und die ihm gewidmete Ausstellung im Groninger Museum). In: Ostfriesland Magazin, Heft 2/2016, S. 86-89.

Andreas Blühm, Direktor des Groninger Museums (von 2012-2024)

nen – wie „The Thin White Duke", „The Young American" oder „Jareth, der Koboldkönig" in Jim Hensons „Labyrinth"-Trickfilm – folgten.

Ich war als Kulturjournalist in Groningen unterwegs und wollte, gewissermaßen wie Bowie, diesen besonderen Tag dazu nutzen, um gleichfalls über den Tellerrand zu blicken. Deshalb hatte ich mir vorgenommen, mit Andreas Blühm nicht nur über seine konkreten Museumsaufgaben und Projekte zu sprechen, sondern ihn auch zu fragen, wie er als Deutscher den Groninger Menschenschlag einordnete. „Die Groninger erinnern mich in ihrer Wesensart durchaus an meine Bremer Heimat. Nüchterne und praktisch denkende Menschen, die, wenn es sein muss, auch sehr temperamentvoll sein können und trockenen Humor schätzen", lautete seine Antwort.[2]

Jahre später, als ich begonnen hatte, Kurzgeschichten in plattdeutscher Sprache zu verfassen, musste ich wieder an die Worte von Andreas Blühm denken, der Ende 2024 in den wohlverdienten Ruhestand wechselt. Wie empfand ich im Gegensatz zu seinen Worten meine eigenen Landsleute? Und welche Charaktere galt es zu schildern, wenn man, abseits von Stereotypen und Klischees, Geschichten aus dem heutigen Ost-/Friesland erzählen wollte? Denn darauf zielte schon damals meine Frage ab.

Auch bei den Ostfriesen erkannte ich einiges aus den Einschätzungen von Andreas Blühm wieder. So unkompliziert, auf Gleichheit bedacht und modern in der Lebenseinstellung, wie die Mentalität der Niederländer generell beschrieben wird, erscheinen mir die ostfriesischen Küstenbewohner aber nur in Teilen. Wie werden die Bewohner des nordwestlichsten Zipfels von Deutschland also von anderen gelesen?

Auf diese Frage erhielt ich in einem anderen Pressegespräch im Sommer '22 eine erste interessante Antwort. Ich hatte meinen Interviewpartner, einen bekennenden Wahl-Ostfriesen, nämlich gerade gefragt, was er denn so an Landschaft und Kultur und mehr noch am Wesen der Ostfriesen

---

[2] Das ganze Interview: „Provinzmuseum der spannenden Vielfalt" ist erschienen im: Ostfriesland Magazin 2/2016, S. 90f.

schätzte. Zunächst hob er die landschaftlichen und kulturgeschichtlichen Vorzüge hervor, bevor er schließlich – sinngemäß – die Katze aus dem Sack ließ: „Die Ostfriesen mögen wir so, weil sie zehn bis zwanzig Jahre hintendran sind – an den gesellschaftlichen Entwicklungen! Aber gerade das lieben wir: Hier ist ein Wort noch ein Wort, die Menschen sind authentisch und man kann ihnen immer vertrauen. Gehen Sie, im Gegensatz dazu, mal in die Großstadt! … Aber schreiben Sie das bloß nicht!"

Diese erstaunliche Aussage eines Mannes, dessen Identität ich hier nicht enthüllen möchte, wurde mir späterhin auch von Seiten mehrerer Buten-Ostfriesen bestätigt, und ich fragte mich, worin wohl dieser *unzeitgemäße* Charakter begründet sei. Geschichtlich fielen mir drei wesentliche Wegmarken ein, die die Küstenbewohner ganz oben im Nordwesten nachhaltig geprägt haben: Zum einen die viel beschworene bäuerlich-genossenschaftliche Selbstverwaltung und -verteidigung durch die „Friesische Freiheit", die Ostfriesland zwischen dem 11. und 14. Jahrhundert kennzeichnete. Andererseits die Napoleonische Besatzungszeit zwischen 1806 und 1813, die sie im Gegenteil die Unfreiheit spüren ließ. Und drittens, aber nicht weniger wichtig, die späte Industrialisierung, denn lange war Ostfriesland gar nicht oder nur punktuell industrialisiert worden und damit wenig an die Moderne angeschlossen.

Genauso wie die Nachbarn in den Niederlanden sind die Ostfriesen sich ihres kulturellen Erbes bewusst und neigen dazu, sich als unabhängig, selbstständig und bescheiden zu sehen, weshalb sie Bildung, Toleranz, Fleiß und Können bei anderen Menschen schätzen.

Doch kam die Ostfriesische Landschaft, als Höherer Kommunalverband und regionales Kulturparlament, bei einer Tagung am 28. September 2023 zum Thema „(Ost-)Friesische Identität? – Eine kulturhistorische Perspektive" dem fragilen Gebilde einer spezifischen (ost-)friesischen Mentalität und Wesensart letztlich nicht auf die Spur. Wurden auch identitätsstiftende und differenzierende Momente wie die emotionale Heimat der ostfriesischen Sprache, die gelebte Kultur des Teetrinkens oder die historische Funktion des Indigenats erläutert, nämlich insbesondere Nichtostfriesen wichtige Ämter anzuvertrauen, ergab sich kein wirklich stimmiges Bild. Ganz zu schweigen von den volkskundlichen Beschreibungen des 19. und 20. Jahrhunderts, die besagten, dass sich das Klima auf die Mentalität und die nordische Kälte auf den Charakter der Friesen ausgewirkt hätten, sodass sie als unbeweglich, mürrisch, schweigsam und zurückhaltend erschienen.[3]

---

[3] Vergl. die Online-Zeitung Kultur in Emden und drumherum, Eintrag „Zwischen Klischees und Stereotypen" vom 10.10.2023, oder „Friesen: ein Volk oder nur Individualisten?", in: Ostfriesen Zeitung, 20.10.2023, Beilage Menschen und Vereine, S. 1.

Nun ist Identität aus soziologischer Sicht überhaupt kein Kontinuum, weder persönlich noch bezogen auf eine Gruppe. Es ist die Kongruenz zwischen der inneren Weltdeutung und der äußeren Zuschreibung, also die Übereinstimmung von Innen- und Außenwahrnehmung, die zählt, sich aber durch die Wechselfälle des Lebens und der Geschichte in ständiger Veränderung befindet. Man kann also immer nur einen Zeitpunkt X bewerten und darf nie außer Acht lassen, dass keine Gruppe je dauerhaft homogen gewesen wäre, sondern sich im ständigen Austausch mit anderen Gruppen befindet – neuerdings auch bekannt unter dem verqueren Begriff der „kulturellen Aneigung".

Die nachfolgenden Kurzgeschichten sind allesamt reine Erfindungen und Momentaufnahmen, doch wurden sie oft inspiriert von wahren Erlebnissen und Beobachtungen. Deshalb glaube ich, dass sie Wesenszüge der Lebensart im heutigen Ostfriesland einfangen. Einen Schlüssel dazu stellt die erwähnte „unzeitgemäße Authentizität und Rechtschaffenheit" dar, ein anderer, der damit zusammenhängt, ist im „Gemeinsinn" zu sehen, der im ländlichen Ostfriesland noch immer greift. Im Gegensatz zur Bindungslosigkeit, die Psychologen allenthalben in der heutigen Gesellschaft beschrieben haben, zählt hier noch der einzelne Mensch in der Gesellschaft und ist nicht bloßer Individualist oder *Singularität* (um mit dem Soziologen Andreas Reckwitz zu sprechen). „Wir passen aufeinander auf und kümmern uns", heißt es dann schlicht und praktische Unterstützung in der Nachbarschaft ist gewiss. Mitmenschlichkeit ist hier noch kein vergessenes Wort.

Und wenn wir noch mal auf den Tee zu sprechen kommen, so ist richtig, dass 25 Prozent der Tee-Einfuhr hierzulande nach Ostfriesland gehen, obwohl die Ostfriesen etwa nur zwei Prozent der deutschen Gesamtbevölkerung ausmachen. Aber ist es hier nicht eher die Tee-Zeremonie als solche, die einen anderen Wesenszug umschreibt und kürzlich sogar Eingang in eine viel beachtete Tee-Reportage der BBC fand?[4] Es ist die „Gemütlichkeit", Gelassenheit und Gastlichkeit bei einer Tasse Tee, die im Wechsel und absoluten Kontrast zur *ausgesprochenen* „Arbeitsamkeit" der Ostfriesen m. E. einen weiteren typischen Wesenszug beschreibt. In Dänemark würde man *hygge* sagen, aber ganz Ähnliches ist auch hiermit gemeint. Lange wurde behauptet, dass die Inuit (oder wie man früher undifferenzierter sagte, die Eskimos) die meisten Wörter für alle möglichen Formen des Schnees herausgebildet hätten, was heute als widerlegt gilt. Kann man die Vielzahl qualitativ gewichteter Begriffe oder Synonyme

---

[4] Thomas Sparrow: Europas unter dem Radar gelegene Region ist die Heimat der unangefochtenen Tee-Weltmeister, 26.07.2024, London: BBC online.

in einem Wortfeld aber nicht auch dahingehend deuten, dass die beschriebenen Weltbestände für die betreffenden Sprechergruppen eine besondere Bedeutung haben, weil sie so viele Worte darauf verwenden? Wenn ja, dann sind Fleiß und Arbeit ohne Zweifel wichtige und sinnstiftende weitere Ideale und Konstanten im Leben der ostfriesischen Küstenbewohner – bis heute. Und die unaufgeregte Gemütlichkeit bildet dazu den Ausgleich.[5]

Hinzu kommt die schon erwähnte Bescheidenheit oder besser „Genügsamkeit", die nach meiner Beobachtung noch die Aspekte des Geerdet-Seins, der Selbstwirksamkeit und mehr noch der „Zufriedenheit" einschließt. Das mag auf Außenstehende manchmal eigensinnig wirken, aber der Bezug zur Region und das Augenmerk auf den kleinen privaten Lebenskosmos, sprich die eigene Scholle, sind eminent wichtig für Ost-/Friesen. Sie mussten vielerorts dem Meer erst das Land abringen: „Die Region war also alles andere als lieblich. Hier kam [seinerzeit] auch kein Fremder vorbei, um sich mal die Gegend anzusehen. All das formte den ostfriesischen Menschenschlag." In dieser Hinsicht sind sie auch wehrhaft und „Niemandem untertan", aber keinesfalls besitzer-

---

[5] Das Online-Wörterbuch der Ostfriesischen Landschaft in Aurich, unter www.platt-wb.de, verzeichnet allein 33 direkte Treffer bei der Eingabe des Suchbegriffs „arbeiten"; eingesehen am: 12.11.2024.

greifend.[6] Das geht sogar soweit, dass sie, wenn es schlecht läuft, ihre Armut bewusst verbergen und Haus und Hof noch mehr herausputzen als zuvor. Zumindest machte man mich auf diesen Umstand bei früheren Presseterminen, etwa beim Diakonischen Werk in Aurich, aufmerksam. Auch wenn Wind und Wetter die Ost-/Friesen nicht mürrisch oder wortkarg machten, so glaube ich doch, dass die Naturgewalten sie diese Bescheidenheit und Demut gelehrt haben und das Spiel der Gezeiten Geduld und ein Gefühl für den natürlichen Gang der Dinge. Es steckt irgendwie in den Genen. Sinngemäß schrieb Facebook-Nutzer Marc Urbach im Sommer 2024: „Die Ostfriesen sind nicht stur. Ich erlebe sie immer wieder freundlich und mit einer angenehmen und selten gewordenen Zurückhaltung." Wenn Fremde an der Küste weniger Landschaft als vielmehr „Ebenschaft" erleben, so haben die hohen Himmel jedenfalls nicht gerade den Übermut der hier Lebenden beflügelt. In dem Begriff „Genügsamkeit" steckt auch das Wissen darum, was und wann es *genug* ist.[7] Und damit einher geht eine grundsätzliche „Zufriedenheit" mit sich selbst und dem Lebensganzen.

---

[6] Katharina Jakob und Insa Lienemann: Ostfriesland für die Hosentasche. Was Reiseführer verschweigen. Frankfurt/M.: S. Fischer Verlag, 2015, S.18-21, hier: S. 19.
[7] Vergl. auch: Christian Firus: Was wir gewinnen, wenn wir verzichten. Ostfildern: Patmos Verlag, 2020.

Hinzu tritt der „relativierende Humor", der besonders ist, aber aus der eben beschriebenen Weltsicht entspringt. Nur zwei Fünftel der Deutschen sprechen nach eigenen Angaben noch einen Dialekt. In Ostfriesland ist das Plattdeutsche als Regionalsprache dagegen noch überproportional präsent. Aber hinsichtlich unserer Ausgangsfrage soll es uns auch dabei nicht um die Quantität seiner Verwendung, sondern um seine kommunikativen Qualitäten gehen. Denn „ob bewusst oder nicht, aufgrund seiner turbulenten Vergangenheit neigt der Ostfriese zum Understatement", er „mag keine Aufschneider" und es fällt schwer „nicht auf die Sprüche eines Ostfriesen hereinzufallen, werden die in der Regel doch knochentrocken vorgetragen".[8] Weil die Ostfriesen lange Zeit kaum geschrieben haben, verpackten sie ihre Erkenntnisse in formelhafte plattdeutsche Lebensweisheiten und prägnante Sprachbilder, die ohnehin schon eine philosophische Weitsicht verraten und eine gewisse Gelassenheit anklingen lassen.[9] In Ostfriesland hat man eben noch „de

---

[8] Katharina Jakob und Insa Lienemann: Ostfriesland für die Hosentasche. Was Reiseführer verschweigen. Frankfurt/M.: S. Fischer Verlag, 2015, S.27.

[9] Anhand von wenigen prägnanten Beispielen habe ich in einem Kurzessay meine Überzeugung beschrieben, dass in diesen Sprachbildern und Philosophemen die ganze Kultur und Lebensart der Ostfriesen über Jahrhunderte bewahrt wurde, gewissermaßen als immaterielles Kulturerbe. Vergl.: Lübbert R. Haneborger: Die Kultur der bildlichen Rede in Ostfriesland. Norderstedt: Books on Demand, 2023.

Middelschott in d' Nöös"! Andererseits haben es Superlative den Menschen auf der ostfriesischen Halbinsel angetan, insbesondere wenn es um die Eigen- und Besonderheiten ihrer Heimat geht, egal ob der schiefe Kirchturm von Suurhusen, der tiefste Punkt Deutschlands in Freepsum, der Tee- oder Schwarzbrotkomsum, die Kirchenorgeln, das Boßeln oder die alten Traditionen thematisiert werden. Dann kommt ein Lachen in die Augen und ein verschmitzter Humor und lokaler Stolz brechen sich Bahn. Ebenso humorig wird es, wenn Wortspielereien gepflegt werden. Insbesondere, wenn diese Bezug auf das Hochdeutsche nehmen, etwa in der Scherzfrage: „Versteihst du wat van Kunst? ... Ja? Na denn kun(n)st uns wall een utgeven!"

Ein weiterer wichtiger Aspekt in der ostfriesischen Wesensart ist die „Direktheit" im Umgang und in der Sprache, die im Plattdeutschen (wie im Bayerischen) schnell mal bildhaft lebendig und derb werden kann. Das ist sogar schon den Schauspielern der ZDF-Krimireihe „Friesland" an den Einheimischen aufgefallen. Selbst nach Drehschluss können sie selbst die angelehnt norddeutsche Sprechweise oft für einige Zeit nicht ablegen. „Den Duktus, den nimmt man mit. Die norddeutsche Sprache hat man noch etwas länger so drin", erzählte Schauspieler Holger Stockhaus im Frühjahr 2023 bei einem Pressetermin am Rande der Dreharbeiten. Er schätzt zudem den

Schauspieler des ZDF „Friesland"-Ensembles bei einem Pressetermin am 31. Mai 2023 in der Leeraner Altstadt (im Wilhelminengang): (v.l.) Holger Stockhaus. Sophie Dal und Maxim Mehmet

„pragmatischen Optimismus der Ostfriesen". Und Kollege Maxim Mehmet findet: „Hier gibt es eine Offenheit, mit der man andernorts aneckt!" Aber natürlich bestimmen immer wieder Ausnahmen die Regel.

Anders formuliert: „Ostfriesland ist anders: eigenwilliger vielleicht, unaufgeregt manchmal, auch skurriler … Schon immer offen und der Welt zugewandt durch Seefahrt und Handel und geprägt vom Wind so wie durch die Nachbarschaft zu den Niederlanden."[10] Mögen sich die weltweiten Dresden-Liebhaber durch den sprichwörtlichen „Sandstein-Blick" zu erkennen geben,[11] so ist es hier der wetterfeste Klinker, der seit Jahrhunderten Wind und Wetter standhält. Zugegebe-

Die Architektur des 1994 erbauten Groninger Museums, nach Entwürfen von Alessandro Mendini (in Zusammenarbeit mit Coop Himmel(b)lau, Philippe Starck und Michéle de Lucchi), hat bis heute nichts von ihrer futuristischen Ausstrahlung verloren.

nermaßen weit entfernt von David Bowies Kunstfiguren, aber dicht dran an der Charakterisierung der Groninger Nachbarn.

Aber all das ist im Wandel: durch die Herausforderungen unserer Zeit, die natürlich auch vor der nordwestlichsten Scholle und ihren vorgelagerten Inseln nicht Halt macht. Daher bin ich

---

[10] Zitiert nach: „Sagenhaft – Ostfriesland" mit Axel Bulthaupt, Texte: Olaf S. Müller, Regie: Christoph Bigalke, Fernseh-Reportage, 90 Min., 2021, Mitteldeutscher Rundfunk (MDR).
[11] Vergl.: Thomas Rosenlöcher: Genug für eine zweite Frauenkirche. Dresden. Ein literarischer Reiseführer, hg. v. Ansgar Bach. Darmstadt: Auditorium Maximum 2012, Hörbuch gelesen von Uve Teschner, Titel/Track 7.

gespannt, ob Sie einige dieser Aspekte in den folgenden Kurzgeschichten wiederentdecken. Ich habe mir die Freiheit genommen, Ost-/Friesland im Sinne der touristischen Marke „Ostfriesland" von der Ems bis zur Jade zu denken und damit die strengere historisch-politische Abgrenzung der Landkreise Aurich, Leer, Wittmund und der Seehafenstadt Emden zu überspringen. Das jedoch ist sicherlich bald vergessen, wenn Sie in die folgenden Komödien, Melodramen, Krimis oder Parabeln im Kleinstformat und die poetische Kraft der plattdeutschen Sprache eintauchen. Mir haben die Geschichten schon bei der Niederschrift viel Freude bereitet und ich hoffe, es geht Ihnen nun beim Lesen ebenso.

Lübbert R. Haneborger
im November 2024

Utflücht an de Küst

En lüttje Tied-Geschicht

Heel dicht bi aamde dat Meer. Doch wuss Johanna nich, wo se hierher komen was. In hör Gehögen flogen blot weer de Stratenschiller vörbi. Een Dörp bi dat anner. Mit Namen, de so snaaksk klungen, dat se hör luud vörlesen un naproten muss, as se noch achter 't Stüür seten harr. Daarum kunn se hör villicht inhollen: „Gottels", „Wichtens", „Tettens" un denn noch, heel besünners, „Ziallerns". Ziallerns, waar de paar Husen heel in d' Rund upbaut wassen, up en Höchte. Um tegen de Flood to krabben. Man waarher se dat wuss, much alleen de Hemel över hör weten. Un wat dat woll bedüden sull, Ziallerns? Dat klung wunnerlik, petüüt un eets ut de Tied fallen.

Nett as se sülven, wo se sük in d' Sand liggend weerfunn, dat grote Water för d' Ogen. Över hör en kakelig Blau, dör dat hen un her witte Plüster-wulkjes sweven deen. So grell un so lecht, as of 'n Kind de Hemel mit 'n groten Quast hensmeten harr. Vörhin was doch allens noch heel verswummen west. Se kunn sük al paar Minüten de Ogen frieven. Mitmaal föhlde se, dat de Strand unner hör heel nich so warm un dröög was, as se glöövde. As se hoogkwamm, sach se de düster un natte Steden up hör Hosenanzug. Dat feine Leer van hör Pumps harr ok de een of anner Schramm ofkregen up de Weg hierher. Man dat was nettgliek.

In hör Kopp dee dat al siet 'n körten Sett bannig arbeiden. Se groov in hör Memoorje, of wat daar noch van över was. So as of se an de Butenkant en Schöffel ansetten dee, um de smaale Strand, waarup se seten harr, heel umtograven un dat Meer daarin oflopen to laten. Man eerst, as se upgeven wull, funn dat Torüggdenken weer Grund. Se harr doch na en Insel wullt … un en Seminar besöken! Richtig! Över …, ja, waaröver blot? Irgendwat för hör sülvst! … En Seminar för Froolüü up hogerde Postens … un wo se hör Mitarbeiders beter anlehren kunnen. Genau! … Man dat Schipp was seker al lang offahren. Na Spiekeroog of na Wangerooge? Nee, Spiekeroog was dat west. Hör Ollen wassen fröher ok an de Nordsee fahren mit hör. Daarum harr se sük so freit, de Insel weer to sehn för dat Seminar. Daar muss doch noch 'n Zedel liggen in de Mapp up hör Bifahrersitz.

Man waar was denn hör Auto achterbleven? Se greep in de Tasken van hör düsterblaue Blazerjack. Gottloff! De Slötel was d'r noch. Johanna besloot, na de Diek torügg to lopen un hör Wagen to söken. Dat düür E-Auto harr se doch eerst körtens köfft. Se was noch kien fiev Treden weg, daar höörde se achter sük en vertraut Piepen un Brummen. Hör Handy! Was dat liggenbleven in d' Sand?

Glieks daarup keek se up de lüttje Bildschirm un sach över veertig Narichten ut de Privaatbank in Düsseldörp uplüchten, waar se mehr as sesstig Stünnen in d' Week verbrengen dee. Wenn se nich ok noch up Dienstreis gung na Amerika of Asien. Man de Narichten kunn se nich openkriegen. De lüttje Balkens boven rechts in dat Menü wassen immer noch utfallen, an WLAN heel nich to denken. Un daarbi full hör tomaal allens weer in.

Toeerst harr hör Auto nich mehr recht wullt, was anfangen to stottern un grammietern nett as 'n buckske Langohr. Daarbi was se, as mennigmaal, al laat dran west. Denn was ok noch de Navi utfallen un se harr nich mehr wusst, waar se hen muss bi all de wildfrömde Dörpen langs de Weg. Un as se anhollen un de Wegbeschrieven över hör Handy wiesen un anseggen laten wull, was up dat Dingerees ok tomaal kien Verlaat mehr west. So was se all hibbeliger worden un wiederfahren. Ok deen de Straten hör immer mehr vör d' Ogen swemmen un se kunn haast kien Luft mehr krie-gen. In hör Nood harr se tolest de Hochhusen un Minüten later de gele Füürtoorn sehn. „Schillig" harr up dat Ortsschild stahn. Al weer so 'n komi-sche Naam.

Se harr de Wagen utrullen laten in d' üterste Hook un was denn eenfach lopen, heel wied buten un heel buten Künn. Se was so dood of west, dat se tolest blot noch slapen wull. Dat muss Stün-nen her wesen, un wenn se nu an „Schillig" doch, klung dat nett as dat engelske „chillig". Wat so-vööl seggt as „liesaam" un „bedaart".

Se wuss nich, wo dat nu wiedergahn sull. Eerst-maal 'n Kamer nehmen in en Ferienwohnung of Hotel. Wannehr un of se överhoopt weer in dat groot Bürohuus in Düsseldörp torügg- kehren dee, kunn se nich seggen. Man dat was nu ok nettgliek. Villicht mal wat heel anners maken? Well wuss dat al? Se was nu eerstmaal hier.

Dann föhlde se weer dat Summen in hör Jackentask. Se greep na dat Handy un drückde de langste Knoop an d' rechte Kant. So lang, bit dat Dingerees upgeven dee. Utschalten. Ofschalten, doch se. Inamen. Utamen. To Ruh komen. Un Nadenken. So kunn 't nich wiedergahn. Dat harr Daniel ok an hör seggt un sük al siet negen Weken nich mehr bi hör meldt. Se was 42 un wurr up-freten van de Arbeid. Disse Utflücht dee hör good un was en Slumpslag för mehr. Villicht för 'n An-fang.

***

Kilometers van Johanna of stunn en Huus, dat Frömden un Inwohners faak upfallen dee, wenn se daaran vörbikwammen. Antennen, de daaran fastmaakt wassen, nett so hoog as Bomen un Schöttels in all Förmen deen al van Wieden in d' Sünn glimmern. Hero Cassens leevde sien Hobby un harr gehörig investeert in de leste Tied. Dat he elks Maal, wenn he sien Weeswark van Funkanlaag heel hoogfahren dee, de Signalen un Handyverkehr bi Hektaren dörnannerjagen dee, wull hum nich maal in d' Drööm infallen. He harr nu de beste Verbinnen na all sien Amateurfunk-Kollegen, waar ok immer se wohnen deen in de grote wiede Welt.

De lüttje Foten

En lüttje Geschicht över dat Schrieven

Elke Jahr in d' Midde van Januar wurr dat weer stuur, mit Willm umtogahn. In de leste Dagen, ehrdat de Utschrieven rutkwamm, wurr he alltied hibbeliger. Nu wook he snachts faker up, um twee of dree Ühr, un kunn denn haast nich mehr inslapen. Man schuld daaran wassen ok de annern. Besünners sien egen Familie.

Willm harr vööl beleevt in sien fievunsöventig Jahren. As he noch to See fahren dee, man ok later up d' Werft. Man sien Geschichten van domaals wullen se tohuus nich mehr hören. Se kwammen hör ,to de Ohren weer rut', as se – un besünners sien Dochter – immer weer seen. Uplest harren se hum en mooi lüttje Book un 'n Pottlood schunken. So was dat mit dat Schrieven anfangen. Man blot för sük to schrieven, dat lagg hum nich. De

Jahren wurren ok nich mehr. Daarbi harr he noch so vööl to seggen.

Man eenmaal in 't Jahr gaff dat de Schrieverswettstried van de grote Rundfunkanstalt daar in Hambörg. Man ok de Nedersassen, de Bremers, de Holsteiners un de Lüü van d' Ostseeküst, de Platt proten deen, kunnen daarbi mitmaken. Mehr as 1500 lüttje Vertellsels kwammen d'r bold in elke Jahr tosamen. Un Willm harr sük dat in d' Kopp sett, man eenmaal unnner de leste fiev- of sessuntwintig to komen, umdat hör Geschichten in en egen Book ofdrückt wurren. Harr Willm ok allens in sien Leven vörnannerkregen, wat he sük vörnohmen harr, un was he ok stolt un glückelk mit sien Froo, sien grootjahrig Söhn un Dochter un wat ut hör worden was, so fehlde hum doch disse een Indrag. Tominnst glövde he fast daaran, umdat he övertüügt was, de mooiste Geschichten – un heel kien Döntjes – vertellen to könen.

Dat hele Jahr penntjede Willm mit, un he överleggde, wat hum all so geböhren dee un wo he sien Vertellses villicht noch 'n bietje beter maken kunn. Umdat he sük stiekum ok maal in en anner Leven slieken wull. Man am Enn muss he haast in elke Jahr weer vertwiefelt utropen: „Hett weer een ut Schleswig-Holstein wunnen!"

Wat harr he sük nich allens utdocht! All de Films un Serien, de he nich blot keken, man ok utförskt harr. Un eerst de Boken un Vertellsels van anner Schrievers, de he lesen un utnannerklamüstern dee. Immer up de Söök na de starkste, de snüüste un de mooiste Vertellsel up dat Richt-woord van de neje Schrieverswettstried.

„Pa, dien Geschichten worden ja immer voge-liger!", harr sien Dochter Fentje nett meent. „Dat passt doch heel nich na Oostfreesland, dat mit de beid Gangsters in de Fiskköken!"

„Ja, man versteihst du denn nich, wat ik daar-mit seggen will?", froog Willm. „Umdat se bold nix mehr an hör Fangst verdenen, laten sük de Fiskers mit de Schubbjacken in un laten de hör Rauschmiddels in lüttje Kapsels binnen de Fisken in un langs de Küst smuggeln! … De Wettstried steiht doch disse Jahr unner dat Motto ,Ut en an-ner Perspektiev', un dat hier maakt de Problemen an de Küst doch up en heel anner Maneer düdelk, meen ik!"

Fentje kunn daarmit nix anfangen, man se ver-sprook hör Vader, mehr dat se van hum ofkwamm, as dat se d'rvan övertüügt was, de Geschicht mit na d' Breevkast to nehmen. Man later sach se, dat he in sien Upregen ok noch de Breevmark up de Umslag vergeten harr. Se was denn nett up d' Weg na de Kark, waar eenmaal in d' Maant 'n groot Pa-piercontainer upstellt wurr. Daarmit dee de lüttje Karkengemeent van hör Ollen Papier sammeln un verkopen, um daardör 'n bietje mehr Geld in d' egen Klingbüdel to hebben. Fentje schüddkopp-de, as se de Breev weer in d' Hannen kreeg, denn smeet se hum tüsken dat anner Altpapier.

Later an disse Dag harr Willm sülvst noch 'n helen Karton mit oll Bladen funnen un docht, dat he de villicht ok noch hannig na d' Kark henbrengen kunn. De Container was heel noch nich so vull, as he verwacht harr, un so kunn he daar noch mackelk inlopen. He harr sien Karton nett wegsmeten un wull d'r weer utlopen, do keek he up d' Grund un sach, dat he 'n Breev unner sien Schoh kleven harr. „Daar haalt doch de Düvel dat Handwark!", reep he un kreeg tomaal 'n Kopp as 'n Puter. So kunn man sük also up sien egen Kinner verlaten!

Upgereegt steeg he weer in sien Auto un fuhr na sien Dochter un Swegersöhn, de in 't Naberdörp vör dree Jahr neei baut harren. As sien Swegersöhn de Döör openmook, see he kört „Moin, Lukas" un leep denn hannig an hum vörbi in 't Huus. Sien Dochter Fentje funn he in d' Stuuv, waar se lüttje Clio nett dat Gesicht ofwisken dee, de sük sien Grootkind mit Farv vullkleit harr. Heel in Fahrt reet Willm sien Breev in de Lücht un reep: „Fentje Lüders, geborene Rademaker, wo dür ik dat denn wall verstahn? Dat ik mien Bidrag för de Schrieverswettstried in d' Papiercontainer weerfinnen doo …?"

„Man, Pa, du kriggst ja heel nix mehr mit!", gung Fentje tegen hum an. „Drink eerstmaal 'n Tass Tee un bedaar di. Breng de Breev doch sülvst na d' Post hen! … Du süchst ja, wat wi hier all to doon hebben. Kümmer di lever maal um dien Enkeldochter!"

Bi disse Woorden drückde se hum lüttje Clio in Hannen un leep gau wieder in de Köken. Willm harr sien Breev unnerwiels fallen laten, un en Vördelstünn later harr sük de heel Upregen weer leggt. As Opa Willm Clio up Schoot sitten harr un sük de lüttje Foten mit hör stuve Töhnen in de lüttje Socken bekeek, froog he sük, wo sük dat wall anföhlen dee, daarup to lopen. Denn glimmlachde he un see: „Wat good, dat du de Breev nich insmeten hest, Fentje! Ik schriev en heel neje Geschicht un bekiek mi de Welt daarin mit de Ogen van uns lüttje Clio. Wenn dat nich ‚ut en anner Perspektiev' is, dann weet ik dat ok nich mehr!"

Dree Maant later kwamm denn de Breev ut Hambörg: In disse Jahr harr he de tweede Pries wunnen un sien Bidraag kwamm heel vörn in dat neje Book to staan.

Veertig Prozent minner sünd ok al wat

En lüttje Lüstspööl över dat neje Arbeiden

Bit vandaag wuss Menno nich, wo sien Baas dat meent harr. Of he hum nu heel un dall buten d' Döör setten wull? Menno was mit sien 61 Jahren ok een van de Ollsten. Siet Dagen al gaff dat daarum kien Ruh mehr in sien Bregen. Sien Froo Juliane harr dat ok al spitzkregen.

„Ik weet gaar nich, wat du wullt, Menno", harr se seggt. „Ik was blied, wenn ik dat ok kunn bi uns in d' Praxis. Man dat geiht ja nich: De Patienten bruken uns un wi mutten hör mit uns egen Ogen sehn! … Frei di doch un probeer dat eerst maal ut."

Man dat was kien Hülp west. Dat Gedrüüs in sien Kopp harr nich nalaten. Wo faak harr he dat al versöcht. Sük to besinnen. Waaröver sien Baas dat genau hatt harr. – „De Wereld dreiht sük wieder, ok för Hör, Heer Klashen", harr he meent.

„Ik weet, dat Se denken, dat dat ohn Hör hier nich geiht! Man Se sölen sehn, wo hannig Se sük daar an wennen – un wi all köönt daarbi sparen!" Well harr woll docht, dat sien Büro daar bi d' Firma maal to düür worden sull. Man villicht was he dat ja ok sülven, de to düür worden dee?

Bi de Gedank wurr Menno heel dusig. He was doch alltied de Eerste un de Leste. Man nu kwamm hum dat neeimoodske Arbeiden dwars! Wat he denn för 'n Tied insparen dee elke Dag, harr sien Baas dööntjet. Sien Auto muss heel nich mehr up d' Straat. Un uplest: „Wi mutten all an de Umwelt denken, Heer Klahsen! Nu maken Se sük 't doch nich so stuur. Richten Se sük dat man mooi tohuus in. Denn sölen Se d' Dreih woll finnen!"

Nu was dat Maandagmörgen un dat Spill sull losgahn: Dag een van dat ‚Homeoffice'. Man as sien Juliane mit hör Auto na d' Arbeid brusen dee, was dat tomaal heel sacht in 't Huus worden. Menno harr sük al vör Jahren 'n kommodig Büro inricht in dat oll Kinnerzimmer van sien Jung, de nu in Lübeck leevde. Man um sien egen Stüren-papieren gung dat bi sien Arbeid ja heel nich. As Boverste van de Bookholleree in sien Firma was he dat wennt, dat he s' Mörgens toeerst d' Kurier un denn noch twee Wirtschaftsbladen lesen dee. Man 't Dagbladd harr he al um halv söven dör hatt un för de annern harr he tohuus kien Abo. Ut Verlegenheid smeet he sien Computer an un was ok gliek mit dat Network van sien Unnernehmen verbunnen. Tominnst dat leep. Daar gaff dat sogaar al de eerste E-Mails, man Menno kunn sük nich recht kunzentreeren. Irgendwat fehlde hum. Daar wassen kien Treden of Stimmen to hören, un Menno gewahrde sük glieks daarna, in d' Döör to stahn un de leege Floor andaal to kieken. Van Nood gung he noch maal runner in d' Köken un schunk sük de veerde Tass Tee in un namm ok gliek de Kookjes mit.

As he weer boven was, fung he mit de E-Mails an. Dat was futt daan, un nu bekeek he sük de Quartalstahlen. Man waarum dee hum denn nüms stören of anropen? So kunn he nich warken! Dat düürde bit Klock halv teihn, bit sien Diensthandy to 'n eersten Maal klingeln dee. Un ok wenn he de Kolleeg, de anpingeln dee, nich lieden much, was he doch blied, mit irgendwell to proten. Weer togang up d' Bildschirm un in sien Tabellen, murk he denn na 'n Sett, dat he mit sük sülven anfung to räsoneren, as of he sük verklaren muss, dat he dat ok al recht mook, wat he daar mook. As sien eerste Upgaven besörgt wassen, wurr hum tomaal heel langwielig tomood, un dat düürde kien halv Stünn un he satt unnern vör d' Kiekkast un kreeg Sinn an Koffje. Umdat he de immer ut de Automaat up d' Gang halen dee, besloot he, hör Koffjemaschien nu up 'n lüttje Hocker in d' Deel to stellen. Mit Zucker- un Melkpott d'r gliek tegenan – un de Drucker tegenöver.

Ok Dag twee van dat ‚Homeoffice' leep nich vööl beter, was he s' Mörgens ok eerst van d' Garaag dör d' Huusdöör gahn, um rechtschapen bi d' Arbeid antokomen.

Mall wurr dat, as he weer in d' Stuuv vör d' Fernseh satt un sien Baas hum anreep, nettakkraat as de Avkaat ‚Matlock' weer vör de Richter stunn un de Kriminalfall utleggen dee. Daar föhlde sük ok Menno schüldig, un hum sloog bannig de Sweet ut. Kört daarna kleevde en grellrode Zedel an d' Stuvendöör mit de Upschrift ‚Chef-Büro – Blot neet stören!'; dat he daar ja nich weer inlopen dee!

De daarde Dag van 't ‚Homeoffice' besloot Menno, dat he dat hier ok mit 'n halvsleten Büx doon kunn un leet sien Sönndagspackje in d' Kleerschapp hangen. Nich blot van d' Butenkant – mit 'n Tröjer un 'n Jeansbüx an – leet he sük nu 'n bietje hangen. Na Middag murk he bovendeem, dat he ut Versehn de Upteken van sien Arbeidstied wiederlopen laten un nich up ‚Paus' drückt harr. Do wurr hum weer heel flau.

Sien Froo Juliane harr sük al dree Daag wunnert, as se na Huus komen dee, wat sük d'r al verännert harr, aver nix seggt. Man de veerde Na-middag leep hör denn doch de Gall over, sach se in d' Köken doch dat fuul Koffjegeschirr för twee un de leege Kokenteller.

„Un waarum musst du nu ok noch uns Na-berske up Koffje un mien lecker Botterkook inladen?", froog se grell un kreeg daarbi en Kopp as en Puter.

„Tja, man mutt bi d' Arbeid doch ok maal 'n Paus maken!", meende Menno hierup verlegen.

Man Juliane schüddkoppde, as se see: „Gah du blot weer na d' Arbeid. Tominnst de meeste Dagen in d' Week!" Un de Fredag was Menno denn weer na sien Firma fahren un harr sien Baas akkeraat vörrekend, dat he ok bi twee Dagen Homeoffice in d' Week, nämlich dingsdags un dönnerdags, al düchtig wat insparen kunn: „Dat sünd veertig Prozent minner Heiz- un Stromkösten för Hör", see Menno, „un veertig Prozent minner Spriet, Ofgasen un Slietaasje van mien Auto. Un dat, meen ik, is ok al wat weert … alleen för uns Umwelt!"

Wat 't Glück wull, gung sien Baas hierup in, ok dee he ahnen, waarum dat in Wahrheid gung.

De Kurscharr

En Melodram un en lüttje Krimi

Tüskendör was Thea an 't Vertwiefeln west. As hör Mundwinkel nich mehr recht anhoog wull un se nich mehr wusst harr, waar se wohnde. Daarum harr se dat ok nich glieks begriepen kunnt – dat mit Elmar.

Wat good, dat se överhoopt hier was, na de lange Weken in 't Krankenhuus. De Benen noch so swaar un ok de Mööigheid nett as Bleei. Man dat Slimmste was alltied hör Kopp west. Eerst de Dook in hör Bregen, de man heel sacht upklaren wull. Man ok daarna harr se 't tiedwies noch all dörnanner hatt. Nett as de Mann in de Geschicht, de van een Dag up d' anner besloten harr, an sien Stohl Wecker to seggen un sien Tafel Teppich to nömen. Umdat sük wat verännern sull un hum dat so beter gefull. Hör harr dat heel un dall nich toseggt, dat se de Woorden dörnanner kreeg, un besloten harr se dat eerst gar nich. Ok dat mit Elmar nich.

He was mit 'nmaal eenfach daar west. Harr kört fraagt un sük denn bi hör hensett, bi 't Middageten. In sien nobel Kordjack mit dat klörig Insteekdook harr he daar seten un sük dat mundjen laten. Mitunner keek he hör an. Un as he hör anlachen dee uplest, harr hör dat up heel anner Gedanken brocht.

Sietdeem gung hör dat 'n Bült beter. Se sachen sük faak, un Elmar dee hör of un to besöken up hör Kamer. Man ok de Dokters harren hör nejen Mood maakt un verklaart, wo de Kammraden in hör Bregen mehr Drifft kriegen deen. Dat kwamm up de Druvenzucker an, daarmit de Signalen in hör Bahnen van een graue Zell na d' anner susen kunnen. Blot hierdör dee man sük wat marken, Worden, hele Spraken, Klangen, Biller un all de moje Ogenblicken van dat Leven. Aver ok up dat Bewegen kwamm dat nu an, umdat dat Blood denn weer flügger dör de Kopp strieken kunn. As he dat höörde, harr Elmar hör glieks galant unner d' Arm nohmen, un se lepen siether tweemal up Dag na dat grote Meer achter dat Kurzentrum.

Fröher harren se daarto „Sa-na-to-ri-um" seggt. Dat was hör weer infallen, un ok all anner riegde sük sacht, man seker, weer. Se funn dat grappig, de Woorden so in Stückjes to kappen. Amenn gungen se dann ok hanniger dör de Kopp, harr Thea docht un smüüsterlacht.

Blot mit dat Kunzentreren was dat noch nich so wied her. So wuss se faaktied nich, of se hör Sinnen weer trauen kunn. Wassen dat veer of doch blot twee grote Geldschiens west, de se in hör Reisetaske verstoppt harr? Waar harr se hör Roman liggenlaten? Un waar was woll de gollen Brosk van hör Groottant bleven?

„Mama, du bliff-st doch nich tü-de-lig!", harr Tessa hör lachend nadaan. Spietelk as dat was, kreeg hör Dochter dat mit hör egen Famielje nich vermeet, um mehr as tweemaal in d' Week up Visiet to komen. Tessa harr güstern aver noch wat anners seggt, wat hör hulpen harr. „Minskenskinner, Moder", was hör d'r tomaal utflogen, „maak di dat doch nich immer so stuur. Du kannst vandaag doch alltied allens up dien Handy nakieken!" Daarmit harr Tessa recht hatt un Thea was 'n Lücht upgahn.

De grootste Bregen satt doch in hör Jackentaske, harr Thea bi sük docht, as se weer allennig in hör Kamer was. Denn harr se dat Handy ut hör Strickjack nohmen un sien Naam ingeven – ok dat „van" tüsken Vör- un Achternaam un denn noch sien Achternaam. Hör Wunnern harr kien Enn nohmen, as se sien Gesicht un de Rummel an Narichten ut heel Düütskland uplüchten sach. En lüttje Traan wull sük daarbi nich uphollen laten.

Na en unrüstige Nacht harren se hum afhaalt vanmörgens. De Döör full in 't Slött, nett as de Iesders vördeem um sien Hannen. Un wat later was d'r 'n Pleegster komen un harr hör de Saken weerbrocht, de se up Loop hatt harr. – „De Bedre-ger, ... de Palt-ver-dre-ven, ... de Padd-strie-ker!", see Thea för sük hen un muss denn luud-hals lachen.

Elmar kunn se nu achter sük laten un bold ok de Reha. As se an disse Mörgen hör Reisetaske so beoogde, froog se sük al, waar se beid wall dat komende Maal ankomen sullen. Nettgliek of se hier noch dree of sess Weken blieven mussen. För Thea gaff dat noch so vööl to sehn un noch so vööl to beleven. Un se wull allens inthollen – Stückje för Stückje.

De Kurscharr

De open Gevel

En poetisch Geschicht

De Pien was nich lang uttohollen west. All dat Trüggeln un Tegenhollen was an 't Enn vergeevs west. As de Balkens to 'n lesten Maal kraken deen, de Fugen reten un de Fensterrahmens samt Schieven na buten fullen. Alls, nadeem de iesdern Arm van de Bagger tegen sien Huud ut Steen uthaalt un stadig angrummelt harr.

So was de Gevel van dat oll Huus fallen un harr daardör dat Binnerste van sien Bregen openleggt. Dwars dör de Kamers kunnen de Minsken nu kieken, wenn se an d' Emder Straat vörbikomen deen. Alls, wat dat lüttje Burenhuus beleevt harr, all dat Torüggdenken an sien Inwohners, de hum ok upsetten leten, was binnen een Stünn bold heel in Stücken gahn. Up de Grund, in de sien Uprichters al siet 'n paar Jahr laggen. Man dat Vörenn was noch nich heel ofbroken un dat Achterenn stunn d'r noch heel.

In dat lüttje Dörp harr man de Burenfamillje kennt un good lieden mucht. So harr man faker mit hör proot as över hör un alltied wusst, dat se flietig un schamel wassen. Man wuss de junge Froo in Sportplünnen nix daaröver, as se to 'n eersten Maal de open Wunn dör hör Autoschiev sach un unverwacht in d' Brems gung un hör Auto an d' Stratenkant utrullen leet.

Se greep na hör mobile Telefoon, steeg ut un leep torügg, ohn to weten waarum. Se bekeek sük dat oll Huus för een ewige Minüüt, bevör se dat Handy för hör Gesicht lichten un de Fototast mennigmaal drücken dee. Se harr futt an en Stee ut dat Book denken musst, dat noch up hör Nacht-disk lagg. In de „Uptekens van Malte Laurids Brigge", en jungen un verarmden Dichtersmann, de dör dat Paris van 1902/03 strieken deit, of be-ter de sük drieven lett, deen in de Stratenfluchten an de Seine tomaal ok Lücken upduken. Daarbi wassen enkelt de Binnenmüren van de ofbroken Boowarken an de Naberhusen kleven bleven un de swaarmodige Malte gewahrde, dat dat „taje Leven van disse Kamers sük nich kötttreden laten harr" – in de Husenriegen sünner Enn.

So melanklüterig was Marieke bi dat Bekieken van de open gapende Burenhuus nich tomood. Gottloff wassen hör Grootollen, de in Celle un Göttingen wohnen deen, ok noch heel munter.

Man se wull doch weten, wat dat mit dat Huus un de Inwohners up sük harr. Wo se leevt harren un waarum nu de Bagger vör hör Levenswark sett wurr. Alleen dat moje oll Huus oftorieten funn Marieke, de se all blot Mieke repen, vööls to schaa. Gaar nich to denken an de Denkmaalwert of de liedende Umwelt. Wat harr man nich alls ut de lüttje oll Hoff maken kunnt! En Kinnergaarn of en lüttje Backeree of en Bioladen, de hier fehlen dee. Alltied blot ofrieten un neeiboen mook de Tokummst nich beter. Un siet se in Emden an 't Studeren was, harr Mieke de rode Klinkerhusen un de gröne Landskupp hier an de Küst nu maal deep in hör Hart sloten, ohn dat se recht wuss, waarum. Nich to vergeten, de Lüü, de se hier antruff.

Unversehns was se daarum wiederlopen un vörsichtig över de Stenen stappt, de överall an de Grund laggen. Dör de Fliesen an de een Stee un oll ofreten Tapeten an en anner Müür kunn se sük bold vörstellen, waar de Köken of de Baadkamer west wassen un welke Kamers dat noch all geven harr. Hier un daar lagg ok noch oll Krimskraam up de Footdelen, de se noch nich rutreten harren. En oll Pupp mit en grote Schramm över dat bliede Gesicht, 'n stoffig Schötteldook – un 'n oll Nachtschappke stunn ok noch in d' Eck. Se leep d'r up daal un wull nett de boverste Schuuvlaa opentrecken, as se mitmaal en Rumpeln achter sük höörde un bannig verfehrde.

„Wat söken Se dann hier genau?", froog en Stimm, de nett so verbaast klung, as sük dat för hör anföhlde.

As se sük umdreihde, keek se up en jungen Fent, so van hör egen Oller. En blond Kruuskopp, heel verlegen, in en Latzbüx un mit Arbeidshandsken an. Uplest full hör up, dat he d'r heel unner Stoff satt, de he woll hier in 't Achterhuus insammelt harr.

„Ik … ik … kwamm hier nett vörbi … van mien Sportkursus … Ach, nettgliek! Denn sach ik de inreten Müren un eets dee mi dat naar spieten um dat moje Huus!", stamerde Mieke.[1]

„Ja, mien Ollen un ik wussen uns nich anners to helpen", see de Krullerkopp, de Marten heetde, un hör vertellde, dat se dat Huus verkopen mussen un ok ofrieten. För de Investor, de hier nu moderne Wohnungen boen wull.

„Dat gefallt mi egentlik ok nich", gaff he to. „Ik rüüm nett achtern en bietje ut, wat noch so allns in d' Stall rumlagg. Mien Oma is vör 'n dreevördel Jahr stürven un mien Opa is wiss al veer Jahren dood", vertellde he.

---

[1] eets = irgendwie.

[2] Tatsächlich war ein Hausabriss im Emder Stadtteil Petkum, der mir so irreal erschien, dass ich ihn von einer Brücke aus im Foto festhalten musste (s. S. 46), Ausgangspunkt dieser erzählerischen Fantasie.

„Un daar gaff dat kien anner Kans? … Un äh, Mieke is mien Naam!"

„Fein, ik heet Marten …", see he, „un nee, bi uns arbeidt nüms mehr recht in de Buurkeree. Mien Ollen sünd daarför ok al 'n bietje to old. Ik hebb Biologie studeert un wark in d' Küstenschutz!"

„Tja, wenn dat so is un de moje oll Hoff nich mehr to redden is, denn will ik man wieder", see Mieke un wull al torügg na d' Straat lopen.

Do full Marten weer in, wat he al de hele Tied seggen wull: „Ik boo mi nett de lüttje Burenplaats van mien anner Grootollen um. Wenn du di de bekieken wullt?"

Un dat wull Mieke wiss, un dat dürs kien twee Maant, dat se un Marten weer Leven in dat oll Huus up de anner Kant van Emden brochen. Dat sach de upmarkende Tokieker al van wieden, wiel dat oll Huus sük so verhöögde, dat sien Backstenen weer so gleuhden as in sien beste Tieden.[2]

De smakelste Wuddels

En pickswarte Kriminalgeschicht

*H*aast twee Jahr harr Meta wachten musst. Man dat harr sük anföhlt as 'n halv Leven. Eenmaal Hüürfroo wesen van en egen Tuunstee in de lüttje Kolonie rund dat „Sliekdreekant". Wo lang harr se dat al wullt! Denn was Weert Hayunga stürven un sien Tuunstee freei worden. Umdat sien Kinner dat Leven up Nördernee nich mehr betahlen kunnen un för dat Tuuntjen sowieso nix överharren.

Doch wull de Schrevertuunvereen hör de Parzell denn toeerst nich tostahn. Unnerwiels sük so 'n rieke Keerl ut 'n staffollen Famillje tomaal ok in 'n lüttje Gröönstee sitten sehn kunn. Wat was se daar buten 't Stüür west un harr bold hör mallste Worden butenboords gooit. Tegen de starke Wind an, de hör al so faak in 't Leven tomöötkomen was.

53

Openbaar harr se an de Vörsitter van de Tuuntjer-Vereen seggt: „Mehr as een Million van de lüttje Tuunsteen gifft dat in heel Düütskland, in 15.000 Verenen! Mit en Flaag de,[1] wenn man all annannerleggen würr, groter is as 46.000 Hektar un daarmit groter as de hele Bremer Kuntrei! Daar sullen doch amenn ok för mi eenfache Froo maal 'n paar Quadratmeters bi över wesen. Ok, wenn wi hier up 't Eiland sitten."

Un as dat de Vörstand noch nich overtügen wull, argumenteerde se: „Un wenn jo dat blot um de Deiten geiht: Dat Geld för de Pächter-Wessel hebb ik binnen de leste Jahren binannerspaart, wenn ji dat nich all weer düürder maakt hebben! Man dat was immer de Sinn van de Schrevertuuntjeree west, wenn ik dat recht inthollen hebb, dat de lüttje Mann of Froo ok maal för sük sülven wat planten un anboen könen sull."

Dat harr seten. Un as de rieke Tegenpart bovendeem van de hele Arbeid hören dee, de daarmit verbunnen was, was he denn doch lever lei mit sien Froo up de Balkon van sien Appartement sitten bleven. Do harr Meta Christians de 45 Quadratmeters van de lüttje Schrevertuun in hör Bregen un up dat Millimeterpapier al heel umgraven un neei anleggt. Wat för de feine Heren de schier ofmaiht Golfplatz an d' Flugplatz, dat was för hör even dit lüttje Hörn Natüür achter de Bökenheeg.

---

[1] Flaag = Landfläche.

Un dree Maant wieder was van Weert Hayunga sien oll Anlaag man hennig wat bleven. Meta harr elke freje Stünn mit Spaa in d' Grund stött un sük dat in hör neje gröön Wohnkamer mooi maakt. Umdat dat nu so anleggt was, as in de Tuun-Bladen, de se stapelwies studeren dee, kunn dat nich lang düren, dat de eerste Nabers in de Kolonie 'n Piek up hör kregen. Delf Sjuts, de Vörsitter van de Tuunvereen hier up dat Eiland un toglieks de scharpste Uppasser, de een sük denken kunn, was al na fiev Weken mit sien Listen, Vörschriften un Tollstock bi hör langskomen. Tolest harr Meta dat mit de Angst kregen un begrepen, dat he hör weer buten de Gemeenskupp un hör lüttje Herelkheid setten wull. Man hör lüttje Tuunstee leet Meta sük nich mehr nehmen. Do harr se sük nich anners to helpen wusst un hum een mit de Schöffel över d' Kopp geven, as he hör weer de upmüürde Grill, de Grött van de Terrass un de Anboo an dat Holthuus vörhollen harr. Dat dee man blot 'n bietje duff klingen un he harr nix mehr seggt. Sietdeem wurr Delf Sjuts överall vermisst, un Meta harr snachts noch hannig 'n groterde Hoogbeet in hör Tuun setten musst.

Dat was nu good veer Weken her, un dat Gemüüs stunn in Bleih in de holten Kasten. To 'n fievden Maal mook de Kommissar sien Runn bi de Tuuntjers un to 'n fievden Maal harr se hum vertellt, wat se de Vörsetter all to verdanken harr. Un wo hör dat spieten dee, dat he disse Füll an

Planten, Blössems un Klören nu nich mehr sehn harr sietdeem, waar he hör modeern Tekens doch so beprahlt harr!

„Kieken Se blot even, Kommissar Helmers, wo dat Gemüüs hier wasst in de Hoogbeten! Un dat garanteert all ohn Kunst of Stickstoff."

Daarbi truck se en Wuddel ut de pickswaart Eer, wusk hum hannig unner d' Kraan un drückde de geelrode Gemüüsbüngel denn de Kommissar in d' Hand.

„So 'n lecker Wuddel hebben Se in Hör hele Leven noch nich eten!", see se driest.

Un as Kommissar Helmers in de Wuddel beet, truck Meta de token Bollsteert in d' Lücht. Man daarbi wurr se ok de golden Siegelring van Delf Sjuts gewahr un verfehrde sük.

„De smeckt wiss allerbest, Froo Christians", sinneerde Hellmers, „man dat brengt mi denn doch kien Stapp wieder in mien Vermisstenfall. Un ik koom van dat Geföhl nich of, dat de grön Seligheid, hier in dat Sliekdreekant, nich ohn Unkruud un Giftsprützeree utkummt!"

„Ik weet gar nich, wat Se menen, wi verstahn uns all so good", see Meta al heel kribbelig. „Minsken, de för dat Grööngood wat över hebben, de kennen van Gott keen Quaad!"

„Ik kunn mi vörstellen, dat daar ok maal Missgünst tüsken de Rabatten bleihen dee, wenn de een mojerde Früchten hett as de anner. Besünners, wenn d'r Leden bikomen, de tegen dat ollerweltske Tuuntjen 'n bietje scheel ankieken. Wenn ik mi Hör Tuun so bekieken do, denn steckt de doch al gewaltig of … van de Tuunmanntje-Enigheid un Langwiel hier umto!"

As de Kommissar bi disse Woorden dat Enn van de Wuddel bisied smeet un sien Kopp bidreihde, see Meta heel sacht: „Waar Se dat nu seggen! Villicht kann in de Eck, waar Se nett henkieken, ok noch 'n modeern Hoogbeet hen!"

Daarbi greep se weer na de Steel van hör Schöffel un dat dee weer en duffen Luud, de nüms in de Naberskupp hören dee.

Waarför man doch 'n Paddschöffel so alls gebruken kunn! Daaröver harren se in de Tuuntjer-Bladen noch heel nix schreven, doch Meta verwunnert bi sük.

De engelske Ofscheed

En lüttje Lüstspööl

Achter de Wannel kummt haast nüms mehr achteran. Bold kien Minsk un noch minner de Spraak könen faten, wo de Verloop an de Wiesders van uns Tied tülen un bugen deit. Ok denken wi, in Oostfreesland geiht noch allns sien Gang! Daar hett sük 'n heel Bült al weer en düdelk Tickje verännert: uns Tosamenleven, man ok uns Moden un Maneren van uns Tosamenarbeiden. Hanniger, as wi uns dreiht harren, un hanniger, as wi drum denken kunnen. Daarto kummt, dat de jung Lüü nu faak, ohn dat se dat sülven marken, in de Gesellskupp – un slimmer noch – in dat Arbeidsleven instappen komen un hör egen Vörstellens över all annern stellen. Van en Kuntrakt tüsken de Ollen un de Jungen harr he ja noch heel nix höört, see körtens en jungen Fent bi uns up 't Büro. Unnerschreven harr he so 'n ollerweltsk Stück Papier ok nooit, un well harr hum dat överhoopt vörleggt!?

So gung de neje Tied ok in uns Handwarksbedriev in Wiesmöör al siet Maanten in un ut, man ik fuhr mit mien Bulli alltied noch an d' Wekenennen na uns Kunnen un mook de hör Heizungen weer togang. „Dat Peerd, dat d' Hafer verdeent, kriggt hum nich", see mien Opa froher al, un ik wuss, wat he daarmit meent harr. Ik dee mi argern, dat ik nich al vör Jahren driest van mien Baas de Veer-Dagen-Week verlangt harr, as se dat nu deen un ok kregen.

So was ik heel bi mi un in Gedanken, as ik mit mien Rad uns Koopmannsladen in 't Dörp anstüren dee. Daar ankomen, was ik in d' Döör haast mit Freerk Meinders tosamenstött. He is good fievteihn Jahr oller un 'n goden Fründ van mien ollerde Bröör. Man dat is heel nich dat, waarup dat bi hum ankummt. Freerk is 'n helen Güüt un hett alltied sien egen Menen un Maneer, um mit de Tied to gahn. Man ik wunnerde mi, dat he 'n bietje verdretelk över sien Brill kieken dee. So düürde dat nich lang un wi kregen de Krammpootjes to packen, de ok bi hum up d' Lever laggen. Waar man noch Lüü herkriegen dee, de rechtschapen anpacken wullen. Daarbi fung he uplest van sien groten Tuun an, van de ik wuss, dat he haast 1.200 Quadratmeters faten dee.

„Du, Gerd, ik hebb mi körtens ok 'n Hülp söcht för uns Tuun. Dat könen ik un mien Froo ok nich mehr allns allennig berieten", vertellde he denn.

Man de Freid harr nich lang anhollen. Kien Minüüt later stuun he vör mi un schull Moord un Brand up sien Stöön in d' Tuun: „De Leiwams, de Leddigloper!", reep he. Denn, as he sük weer bedaart harr, verklaarde he: „Unner de neje Mitarbeider, de wi bi uns in d' Tuun kregen hebben, daar hebb ik mi ok heel wat anners vörstellt. De hangt ok blot unner 't Dack of un will heel nich mehr an 't Lücht komen. Du, de söcht mehr Schuul, as dat he arbeiden deit!"

„Tja, de jung Lüü vandaag!", see ik hierup un doch an de een of anner Vörfall ut mien Bedriev. Dat weer Water up de Möhlen van Freerk.

„Nett as du seggst, Gerd!", reep he bold weer buten Künn. „Mien Tuunhülp is al genauso: De kummt heel nich togang un mutt allto Paus maken! Um sük weer to verhalen un Energie to scheppen!"

So gung dat noch 'n helen Sett un wi gungen utnanner, ohn dat wi 'n Uplösen funnen harren.

Twee Weken later leep he mi dann weer slumpwies in d' Bless, un hannig wassen wi weer bi de Tuuntjeree un sien Mitarbeider. So froog ik hum, wo dat mit de Fent nu wiedergahn was.

„Du, Gerd", stunn he to jappen, „de hung elke Dag daar an 't Poortje un wachtde up d' Postbood, de Maiaap! Dat düvelste Dingerees daar bi uns in d' Tuun! Dat musst du di maal vörstellen, daar flüggt di doch de Harksteel liek vör de Kopp!"

„Wat seggst du daar? Över wat för 'n Dingerees hest du dat denn?", wull ik weten.

„Ik meen uns Robby, de bi uns in d' Tuun rumsliekt un de halv Tied unner sien Dack ofhangt un smalls de düre Strom trecken deit! Man de anner Tied is he ok nich de Flietigste, mi dünkt, he is bi d' IG Metall of bi Verdi! He lett ok överall wat stahn. … Dat heet, ik mutt seggen: he *leet* överall wat stahn!"

„Nu haal doch de Düvel dat Handwark…!", gung ik tokehr, umdat ik nich faten kunn, dat he de hele Tied över 'n Maihroboter herseten harr. Denn muss ik mi noch maal versekern:

„Hest du nett seggt, he leet överall Grasdotten stahn?"

„Ja, düchtige Dotten, nett as du seggst!"

„Dat meen ik heel nich, du hest doch in d' Vergangenheid proot!", dee ik nahaken.

„Ach, dat meenst du! Ja, dat kannst wall seggen!", see Freerk un vertellde denn: „Do kreeg ik mitmaal 'n Alarm up mien Handy, dat uns Robby uns Tuun verlaten harr un al 500 Meter van sien Garage of was! Un weetst du, wat ik denn funnen hebb, in dat Burenland, bi uns achter d' Tuun?"

As ik mi daarup kien Riem maken kunn, verklaarde he: „Daar harr dat Dingerees Bookstaven in dat hohe Gras maiht! … Eerst 'n *I*, denn mit 'n Meter Afstand noch 'n *Q* un denn 'n *U* un 'n *I* un uplest noch 'n *T*!"

Ik keek hum hierup heel verbaast an un he gaff to: „Ik hebb dat eerst ok heel nich begrepen un muss in 'n Woordenbook nakieken, in 'n engelsken. As mien Dochter bi uns up Visiet kwamm, wuss de dat gliek un hett sük schüddelt van Lachen! „*I Quit!* ... Pa, dat heet, dat he upgeven un dat Grundstück verlaten hett! Nu stell man hannig 'n Vermisstenanzeig bi d' Polizei!"

Denn greep Freerk mi an d' Arm un see heel sacht: „Du Gerd, in Stee, dat he *dörmaiht*, ... is he eenfach *dörnaiht*!"

„Of he hett hum dör d' *Quit*-ten hollen", överleggde ik un denn mussen wi beid luudhals lachen.

Gaarner sünner Updrag

❧

En lüttjet Melodram

Margret Reents drückde de Knoop an 't Armaturenbredd, un dat Hart van hör Auto kwamm to stahn. Se steeg ut un mook de Kufferruum open, um hör Emmer, Hark, Handfeger un de Karton mit de Blömen herut to nehmen. Se würr tweemaal lopen mutten vandaag, doch se bi sük. Man de Padd achter de Bökenheeg was nich wied. Dat Grafft van hör Gerhard was noch nich old un een van de eersten. Ok wenn se sük sess Maanten later noch nich daaran wennt un de Doktor för hör al 'n Reha beandraagt harr, gewahrde se mitmaal de kregel Vögelstimmen un de eerste Regendrüppen, de över de Sandpadd fallen deen. Nett as de Emmer un hör Hark gliek achterna.

Denn as se bi de Sark van hör Mann ankomen dee, was al allens in d' Rieg un akkeraat pleegt.

Bovendeem was dat Grafftbeet heel neei un mooi beplant. Heel anners, as Margret dat vörharr un 'n Bült aparter. Dat muss Margret togeven, was se ok 'n bietje verbaast. Hör egen Blömen kunnen nu in d' Kufferruum blieven. Man well kunn dat daan hebben?

Hör Süster ut Hambörg harr sük siet dree Weken nich mehr hören laten. Un dat se na Oostfreesland upbroken was, kunn se sük nich denken. Tominnst nich, ohn sük antoseggen. De Bröör van Gerhard wohnde heel in Frankfurt, de anner in Wittmund. Man dat Peter, de Bröör ut Abens, güstern of van Vörmiddag hier west was, ohn sük to melden bi hör, kunn se sük noch minner vörstellen. Se muss hum vanavend anropen un fragen. Se harr haast de hele leste Week in 't Bedd legen mit hör Gripperee, man dat een van de Nabers hör Grafftstee gliek mitmaken dee, glöövde se nich recht. Ok wenn de een of anner van hör Umdenk wuss. Man nüms, de se an disse Avend an 't Telefoon proten dee, wuss waaröver se dat överhoopt harr. So bleev dat lüttje Wunner up de Karkhoff van dat Geestdörp de Saak van de Wedefroo.

Man Margret kunn nich anners, as sük weer un weer de Fraag uptogeven, well dat för hör daan harr. Seker wassen d'r in hör beste Tieden mennig Frünnen un Kollegen west. Besünners van hör Gerhard, de se in de frohe söventiger Jahren kennenlehrt harr, as se noch för dat Kulturamt achter d' Schrievmaschien satt. Gerhard harr nett de Leitung van dat Museum in Leer övernohmen, un as he sük bi hör Baas vörstellde, wiesnösig meent, dat he ok noch 'n Sekretärschke söken dee för sien neje Upgaav. Besünners so 'n schieren as se! Kien twee Dagen later harr he bi d' Börgmester daarup bestahn, blot mit hör tosamenarbeiden to willen. Kien halv Jahr later harren se binanner wohnt un heiraadt. Margret harr do al en lüttje Dochter hatt un was blied west, hör Marlies in en neje Famielje upwassen to sehn. Un bi Gerhard harren de beiden dat good hatt, ok wenn se uplest noch tohuus de insproken Texten för sien Reden un Booken oftippen un in Förm brengen muss. Gerhard was denn noch wesselt un Professor an d' Hoogschool in Emden worden. Neje Inladens wassen komen un neje Minsken in hör Huus. Moje Tieden un heel anners as vandaag, waar dat faak doodstill was um hör to.

Good, dat hör Marlies elke Week vörbikwamm un na hör Moder keek. Ditmaal wassen se na 't Teedrinken glieks togahn un uplest ok bi d' Karkhoff vörbikomen. Margret un hör Dochter beleevden hier en tweede Wunner. Hör Grafftstee leet weer am mooisten, ok wenn se d'r beid kien Hand anleggt harren. „Begrippst du dat?", wull Margret weten. Man ok Marlies wuss hierup kien Antwoord.

De Weken vergungen, man en Spoor van de Karkhoffsgaarner sünner Updrag was d'r nich to finnen. Dee Margret dat Grafft ok faker besöken as anners. To verscheden Tieden. Un hull se ok de anner Besökers al in d' Gaten. Doch kehrde de geheem Besöker noch tweemaal weer, ehr se de Zug na Bad Oeynhusen nehmen muss. Tied för Truurarbeid un Tied för hör. Se lehrde vööl Minsken kennen in de fiev Weken un harr toseggt, mit 'n Handvull van hör engste neje Bekannten Kuntakt to hollen. De Stillte, de hör achterna tohuus verwachten dee, föhlde sük anners an as vördeem. Togliek klung de Lawai ut de Etenssaal van hör Kurklinik na. So muss se al de anner Dag weer mit well proten. Na 't Inkopen un en Koffje bi hör Naberske fuhr se namiddags weer na d' Karkhoff. Enkelte Sünnenstrahlen fullen andaal, as Margret mit hör Hark de Sandpadd anhoog leep. Mitmaal sach se en Gestalt vör hör Grafft up d' Knejen sitten un hannig wat Warktüüg uprümen. Margret harr de geheem Grafftpleger al bold heel vergeten. Man nu kwamm he weer to Been un dreihde sük na hör um. Kien halv Minüüt later stunn Margret vör en junge Froo.

Beid begröten nanner un Margret besloot, hör sacht to fragen. „Hebben Se dat hier so mooi maakt? Alleen de Farven un de Utwahl van de Blömen!", see Margret anhollend.

Daarup wurr dat jung Froominske denn doch verlegen. „Egentlik is dat heel nich mien Grafftstee", gaff se to. „Ik pleeg immer dat Grafft van mien Mann, de körtens mit sien Motorrad verunglückt is. … Un denn maak ik dit hier gliek mit. Professor

Reents was mien leste Dozent an d' Hoogschool.
Ik hebb so vööl van hum lehrt un hum bovendeem
en Anraden na mien Arbeidstee to verdanken!"
„Dat is ja allerhand!", meende Margret un settde
denn bito: „Ik hebb mi al wunnert, well för mien
Mann so vööl över harr, dat he of se ok noch sien
Grafft so fein up Stee hollen dee!"
„Entschuldigen S'! ... Mien Naam is Deike Rem-
mers", see de jung Froo verlegen un en Traan leep
över hör Gesicht. Denn settde se een Foot to un
wull wieder.
„Nu wachten Se doch", reep Margret hannig. Ik
hebb doch al na Hör söcht. Ik ... ik wull mi be-
danken bi Hör! ... Hebben Se nich noch Tied för
'n Tass Tee?"
Daarup gung Deike unverwachts in, un bold
sachen sük de beiden faker. Un mit elke Gespreek
deen se sük beter kennenlehren – un beid weer
mehr Mood faten.

De Verkleier

---👉---

En lüttje Geschicht över dat neje Denken
un de Wennst

*g*ood sess Week wohnen wi nu in de neje
Straat in Emden. Un all de Lüü, de wi
bit nu hen kennenlehrt hebben, sünd
frünnelk un leev, Straat up, Straat andaal. So
dat wi nu heel tofree sünd.

Dat düür kien veerteihn Daag un se brochen
uns 'n mojen Boog, un as wi anfungen mit uns
Nabers to proten un to drinken, do murken wi,
dat dat all Lüü van uns Slag weren. So harren wi
bold vööl to lachen. Tosamen harren wi ok mit
de glieke Sörgen un Problemen to doon, un denn
gung dat hannig um de Politik un dat Klima. Man
good, dat wi dat oll Huus noch twee Maant um-
baut un daar 'n neje Heizung inbaut harren. Heel
nich to proten van de Sünnenkollektoren, de wi
up 't Dack verdeelt harren. Wi kunnen all wat
doon för de Natur un för de komende Generation.

Dat de Strom- un Heizkösten in Tokummst blot een Richt kennen un alltied mehr anstiegen deen, daaröver wassen wi all övereen.

Man een is d'r immer bi, de ut d' Aard sleit of ut d' Rieg danzen mutt. Denn ik wunnerde mi sietdeem nich slecht över mien Naber Heinz de Vries, de twee Husen wieder wohnt. He was mi gaar nich upfallen, as wi up de neje Naberskupp drunken harren. He was blot 'n heel Enn oller as mien Froo un ik, un he leevde schiensna heel alleen in dat grote Huus.

Dat eerste was de Ölwagen mit Anhänger, de mi upfallen dee. Ik weet nich, wo lang de Fahrer daar vör d' Döör stahn hett. Man daar sünd seker slankweg fiev- of sessdusend Liter Heizöl in de Tanks inflogen, de nu dör d' Kamin gahn sullen. Un twee Daag later kwamm denn al weer 'n Lastwagen ansetten. Ditmaal wurr de feine Heer de Vries dat mooiste Brannholt brocht, dat een sük denken kann. Daar harr man ok noch heel good Möbels ut maken kunnt. Dat was van dat beste Ekenholt!

Aver de Qualmeree ut sien Schöstenen was ja blot dat een. Bovendeem leet dat ok so, as wenn he kien Sekünn alleen in Düüstern sitten much. Al um halv veer namiddags reet he binnen un buten all Schalters um, so dat sien Huus un Infahrt wied un sied de hellsten wassen – un dat nich blot in uns Vördel. Un dat gung de hele Nacht so dör.

Kieneen in Straat kunn so vööl verslampampen för 't Heizen of för Lücht un Strom. Man de Lüü seen, dat mien Naber wat Hogerdes was. Man up welke School harr he blot disse Verkleieree lehrt? Wat de Mann verdibbeln dee, daar kunnen doch wiss dree Familien kommodig van leven. Un as Mester harr ik dat noch nich so wied brocht!

Up en fröstige un klaar Määrtmörgen kwamm d'r weer so vööl Qualm ut de beid Schöstenen van sien Huus utweihen, dat mi de Gall överleep. So düdelk afmaalt harr ik de Kaminwulken bit nu hen noch nich an 't Himmel sehn. Dat was doch nich to begriepen! Ik harr nett eerst fröhstückt un muss egentlik gliek na d' Arbeid. Man dat wull ik de Oll nu doch noch even seggt hebben.

Kien twee Minüten later stunn ik daarum mit mien Schooltask över d' Schuller up sien Drüppel un reet verdretelk in d' Pingel. Un as he denn in 'n Mörgenmantel un mit 'n anbeten Stuutje in d' Hand vör mi in d' Huusdöör stunn, hebb ik maal so richtig Damp oflaten!

„Ik weet gaar nich, wat du van mi wullt, Jochen", wunnerde he sük.

„Tja, man hest du denn nich körtens ok noch tostimmt, as wi dat över dat Insparen van Energie- un Heizkösten harren?", froog ik hierup un see denn: „Aver wenn ik seeg, wo du hier dien Kaminovend böten deist un dat Heizöl dörknitterst! Dat is doch nich mehr van disse Tied!"

„Ja, man, Jochen, dat geiht di doch heel nix an", meende Naber Heinz. „Ik will dat warm hebben up mien oll Dagen, un dat hett doch ok düchtig froren de leste twee Weken!"

„Aver wi hebben ok Kinner un wo sall ik de dat denn verklaren? Du musst doch ok maal an uns Umwelt denken. Un wat mag dat all kösten?", froog ik uplest.

Man denn kwamm en Antwoord van Heinz, de ik nich faten kunn.

Miteens fung he an to smüüsterlachen un see denn: „Woso, dat köst mi rein gaar nix!"

„Di köst dat gaar nix? Man wo meenst du dat denn?", wull ik weten.

„Tja, Jochen", lachde Heinz de Vries, „ik wohn hier doch gaar nich … Mien Huus steiht twee Straten wieder! Un daar hebb ik 't – to dien Beruhigung – all utmaakt of utdreiht, de Rullladens runnerlaten un ofsloten. Bit dat in 't Vörjahr weer warmer word."

„Ja, man!", stamerde ik, „aver siet ik di kenn, wohnst du doch in disse Huus un büst uns Naber!"

„Dat is ok recht. Man up dit Huus sall ik blot uppassen", antwoordde de Mann, de mit Vörnaam Heinz un – na sien Klingelschild to oordelen – för mi bit nu hen de Vries heten dee. „De Villa gehört nämlich 'n Fründ van mi. De is Wirtschaftsingenieur un Professor un 'n halv Jahr up Reis, för 'n Gastsemester an 'n Universität in Kanada.

Un daar hebb ik docht, treckst du futt bi hum in, denn kannst du di noch vööl beter um sien Huus kümmern. Ik maak hier blot, wat mien Updrag is. De hele Avenden un Nachten dat Lücht buten an, daarmit d'r kieneen fallen deit up d' Foot-padd. Dat würr nämlich 'n Bült düürder, meent he. Un Professor de Vries hett dat ok immer geern warm in dat grote Huus. De is nämlich van mien Oller!"

De Sünn in Hannen

En lüttje Lüstspööl över dat Wiederbilden

Wat de Keerl sük woll inbilden dee!? He stunn daar achtern in en sieden Kostüm un namm weer sien Arms anhoog. Un de hele umstahnde Drubbel dee hum dat na. Wat bleev Temmo daar anners över, as mittomaken?

„Wi griepen nu mit uns Hannen … na heel wat Mojes!", see de Mann in de eerste Rieg un reckde sien Arms al weer unner d' Kamerböhn – man greep daarbi alleen in de Lücht.

He dee dat heel sacht un fierlik. So as of he en Pastoor of en Dirigent was. Tegenan flüster denn bovendeem ok en heel fienen un fremden Wies ut de Luudspreker van sien Handy, de he up en Hocker leggt harr.

„Un wi griepen weer na de Sünn!", see de Mann, de de Koppel anleiten dee, övertüügt.

„Ja seker", doch Temmo, „pass du man lever up, dat de Maan di nich noch achterna kummt, wenn du alltied na d' Sünn ievern deist!"

Umdat he nich freeiwillig hier was, kunn Temmo hannig up sükse Gedanken verfallen. Harr he sük ok al na kien fiev Minüten en Menen bildt över disse „Vörturner" da vörn.

Daarbi leet de Anleiter weer sien Arms un Hannen dör de Lücht weihen, verdreihde sük heel vörnehm vörgels un rüggels. Un as he dat dann bi al de Tierderee över dat Wasken van de Lever, un wat later van 't Schummeln van een sien Hart harr, begreep Temmo denn doch reinweg heel nix mehr. Tominnst gung de Meister dat um de Arbeid mit dat „Schi", as he tüskendör immer weer vertellde.

„Is mi doch schietegaal", doch Temmo Dübbelde un mook doch, as al annern in de Rüümte, na, wat vörn vörgeven wurr. Wat sull he anners maken: Sien Dochters harren hum de Kursus to Wiehnachten schunken un daarto heel eernst meent, dat he „eevkes weer to Ruh komen muss".

Man wat wussen se al, wat he in 't Büro uttostahn harr. In 't Baugeschäft leep dat ok nich mehr rund in Oostfreesland. De Zinsen to hoog, dat Baumaterial to düür. Keen Nawass to finnen, waartegen sük de Vörschriften van Maant to Maant verdübbeln deen. Un bovendeem, nich to vergeten, sien verdreihte Baas! Man daar kunn he sük nu nich wieder up verievern, he muss uppassen un in Bewegen blieven, dat he achteran kwamm bi dit Spektakel.

'n knappen dreevördel Stünn later was he denn klaar mit dat Gedoo, un Temmo harr, wiss wahr, Sweet vör d' Kopp stahn un was tomaal baldadig mööi.

Twee Dagen later murk he denn, dat sien Nack weer anfung, sehr to doon. Man ok sien Gedanken deen sük weer verstieven, nadeem sien Baas hum kört vör d' Middag kunfermeert harr. De Tahlen deen nich stimmen! As de Tuustersnuut ennelk weer weg was, reet Temmo sien Arms in de Lücht un greep sien Baas an d' Kraag. In Gedanken blot, man de Sünn wull daarbi wiss nich schienen!

So kwamm he verdretelk weer na de Wiederbilden van d' Volkshoogschool un doch: „Noch negenmaal, de Tierderee!" Man anner Mörgen harr he sük good verhaalt un wook mit 'n Smüüsterlachen up. Ok sien Nack harr Rüst funnen, un sien Froo wunnerde sük, dat he na de Upregen van de leste Dagen ohn Hibbelee bi 't Fröhstück satt.

Een Week later harr Temmo Dübbelde de Figuren van dat „Qi Gong" al beter begrepen. Un sien Arms seilden dör de Ruum, un he dee mit sien Benen swingen, so as dat in sien Kurs vörmaakt wurr un as of se ut Papier wassen.

Bi 't veerde Maal was Temmo heel bi d' Saak un in sien eens, nadeem he up de List en Krüüz, gliek achter sien Naam, sett harr. He was daar, heel daar, un he överleggde. Villicht harren de oll Chinesen mit dat „Chi" ja doch wat utfunnen. Dat bedüddt „Levensenergie" un „Qi Gong", dat man de Energie ok förmen kunn. Dat Beste was, dat man daarbi togliek sien Kopp uprümen un freei- kriegen dee. Un am Enn van dat fievte Binanner- komen begreep he heel nich mehr, wat sien Chef egentlik mit all de Tahlen immer wull. De Laag van de Wirtschaft kunn he genauso minn ännern, as Temmo. „... un dat Dübbelde arbeiden nützt di ok nix, ok wenn dien Achternaam dat seggt, Temmo Dübbelde!", seen sien Dochters, wenn he weer so slecht utsach. Man de Wannel gung vörut un he kreeg, över de komende Weken, weer wat mehr Klöör in sien Gesicht.

Dat negente Maal överleggde he, wo schaa dat was, dat de Kurs nu bold to Enn gahn sull – un he wunnderde sük över sien egen Gedanken. Denn kwamm de leste Stünn, un Temmo kwamm al fievteihn Minüten vörher bi d' Volkshoogschool an, dat he ok ja nix verpassen dee. Blot of un to keek he noch, wat sien Qi-Gong-Meister in disse Förmenkreis vörmook, umdat he de Figuren al to- huus instudeert harr. Un denn grepen sien Hannen weer na boven, un Temmo föhlde en heel arige, man miteens wunnerbare Warmte. Un denn sach he tomaal de Sünn in sien Hannen liggen – un he vergatt allens um sük to.

De anner Mörgen fung he in 't Büro gliek an, na de tokomend Kurs van sien Meister to försken, umdat he sük nich traut harr, hum glieks daarna to fragen. As he sük bold daarup anmeldt harr un de Bidrag uplüchten sach up sien Computer-Bildschirm, doch he bi sük: „Wat sünd dat doch för moje lüttje Tahlen! Un heel kien Vergliek mit de Summen un de Profit, de sien Baas vör Ogen stunnen.“

Denn namm he noch 'n goden Kluck van sien Baldrian-Tee un mook sük weer an 't Wark.

En Reis för Sina

En sachte Geschicht van de Leevde

Elke Avend full de lüttje Inkoopsladen an de Marktstee van Horumersiel weer doodsmööi in Slaap. Denn wurr dat düster un heel still. De övrige Tied kwamm he haast nich mehr to Ruh. Van maandagmörgens bit saterdagavends lepen se dörgahnsweg sotoseggen dör hum dör.

Lüü ut heel Düütskland un enkelt ut anner Kuntreien köffden denn hannig noch 'n bietje, wat in de Ferienkamers of up de Weg na d' Strand so alls fehlen dee. Besünners in de Sömmermaanten gung dat in disse Maneer, jahrin, jahrut. Un Theo Ricklefs stöörde sük, je oller he wurr, an de gabbelnde of trüggelnde Kinner un de andusige Proteree, de mennigeen van sien ollerde Kunnen dör de Gangen drieven un verdrieven deen. Denn reep he: „Dat is hier 'n Kur-Gebiet un nich dat Ruhr-Gebiet!" – un smüüsterlachde. Dör de Laden hen, in de he noch immer sien Rent upbetern muss. Besünners an 't Wekenenn, wenn de anner Mitarbeiders lever sülvst maal an d' Strand liggen un nich an d' Kass sitten muchen.

För Theo Ricklefs gaff dat haast nix Mojers as sien leve Wangerland. De wiede Gegend, waar he upwussen un bleven was, mit de Meeden un de grote enkelte Buurkereen daarmanken. Of de lüttje Siel- of Havendörpen mit de enkelte Hooghusen, de sük hier nich schicken deen, man de de Bedüden van de Füürtoorns al siet Jahren övernohmen harren. De Autos un de Urlaubers, de daarmit anrullen kwammen, wassen dat, wat vandaag de Küst kakelbunt farven dee.

Alleen harr de Mann an d' Supermarktkass al siet Jahren sülvst kien rechtschapen Urlaub mehr hatt. He was bleven, waar sien Haar mit de Jahren spiersk un grauer worden was, un boven up sien Kopp 'n kahl Stee sichtbaar wurr, de he „Wennacker för Lusen" nömen dee. Wenn he, as so faak, good Luun harr un mit sük un de Wereld eens was. Urlaub muss dat för hum ok nich so nödig geven as för sien Sina tohuus. He harr alltied dat Geföhl, middenmank de Baadgasten to sitten, ok kunn he hör good verstahn, wenn se jüst hier, an de buterste Hörn van de Küst komen deen.

Freeitied harr Theo, wenn he unner d' Week up sien Moped satt un sien lang Haar um sien Kopp weihen dee. Wenn he na sien Angelstee bösseln un stünnenwies bi sük sülvst tohuus wesen kunn. Verreisen dee he ok, man daarför muss he blot knapp 'n halven Stünn fahren.

Elke Saterdagavend, wenn he dat luud worden leet achter de Plattenspölers un dat Miskpult van de lüttje Danzdeel. Denn dee he sük verwanneln as 'n Fielapper un sweevde mit de Gasten un Susewolden as „DJ Ricki" torügg in de 60er un 70er Jahren un mook ok maal 'n Utstappje in de tegenwordig Tied.

Denn vergatt he, dat sien Sina ok maal dat Water över d' Diek lopen leet, umdat se nooit so vööl harren as de annern um hör to. Un hör beid Kinner harren na d' School ok 'n Utbilden of Studium maken wullt un dat ok beid good schiert. De besöchden hör Ollen ok faak un brochen immer moje Geschenken mit.

Man dat Lengen, maal rut to komen un wieder weg to fahren, wull daardör nich sachter worden. Man Theo much sien Kinner nich um Geld fragen. De harren hör egen Familien, un hör to besöken un mit d' Bahn na Ollenbörg un Münster to fahren, was doch ok al wat.

So was Theo hier achter sien Plattenspölers weer heel in sien Enigheid. He gung dat Alphabet van de Platten dör un greep hier hen un daar hen. Un koll Schuren gungen hum över, wenn he de swarte Schieven van de Eagles, Kinks, man ok van de Beatles of van Elvis weer to faten kreeg. All de Tied, de denn dör hum dörstrieken dee un hum all de moje Momenten in sien Leven torügg brochen.

Man sien leve Sina wuss nich, dat he siet Jahren al jüst hier, heel achtern, tüsken de CD- un Plattenregalen van David Bowie, Bee Gees un de Rolling Stones, noch 'n ollen blicken Teedöös instellt un verstoppt harr. Umdat de Lüü, de hier noch 'n Stee harren, um to danzen un neje Lüü kennentolehren as in oll Tieden, hum geern noch 'n Drinkgeld tostoppen deen, wenn he för hör 'n heel besünner Plaat upleggen dee. Geldstücken un Schiens, van de he toeerst nich wuss, of he hör överhoopt behollen dürs för sük.

Man nüms dee hum daarna fragen, un he harr all de Deiten sietdeem in de Teedöös stoppt un sük achterna freit, dat he noch so 'n groot Teedöös in sien Schuppen upstövern kunn. Vööl to groot harr he eerst docht, man de blicken Döös lehnde sük so mooi achter de Plattenkastens an, dat hum nooit een van de anner Mitarbeiders funnen harr, un de Jungerden spöölden de CDs ut hör mitbrochte Kuffers of leten hör Musik direkt ut Internet över de Danzdeel rullen. So was de Döös nu barstendvull, un vannacht wull he hum ennelk mit na Huus nehmen.

För dat Fröhstück, dat he sien Sina – seker noch halv slapend – in veer Stünnen an 't Bedd stellen wull. Mit dampende Koffje un Broodjes un en Blömenstruuß. Un daartüsken de Breev in de rode Umslag. Theo freide sük al up dat Smüüsterlachen up Sinas Gesicht un up dat Juchheien, dat denn 'n halv Dag kien Enn namm.

Wenn se eerst de Umslag openklappen dee! Wenn se daarin nich blot de leve Woorden för hör Hochtiedsdag lesen kunn, man daarin ok de beid Tickets funn. De Kaarten för de Schippsreis na Skandinavien, de he Maandag noch hannig up een Slag betahlen wull. De Reis, waarvan se al siet Jahren dröömde, umdat se daar as jung Wicht so moje Tieden verleevd harr. Bevör se glieks daarna de stille Theo kennenlehrde, de sük domaals „Beach Boy" nöömde, nett as sien leevste Band.

De wunnersam Wohngesellskupp

{ }

En Grotesk up Platt

Wo harr dat so wied komen kunnt mit hör beid? He un Marlies trennt, na all de Tied! Wo anners harr sük dat domals doch anföhlt, 30 Jahren vördeem. Mit grote Drömen, de se bold wahrmaken kunnen. All in de Rahm, de en jung Mann un Froo to de Tied naievern deen. Mit de Neeiboo van en lüttje Villa. Mit en lüttje Wicht un Jung, de bold as lüttje Immen daar umto flegen deen. Kört nadeem se dör hör Tuun tuffelt wassen, langs de Rabatten mit Gemüüs un Frücht, de lüttje Sandkast un Wippwapp. Tegenover de grote Terrass, waar se, de Ollen, so faak fieren deen. Later harr he noch 'n tweede Garaag baut un daarut sien Warkstee maakt.

So harren se leevt un moje Tieden hatt. Wassen tosamenwussen to en rechtschapen Famielje un weer utnannerlopen, in de Moment, as ok de

Kinner hör Schoolboken bisied leggt un sük neje Adressen toleggt harren. Man de Olldag harr hör al wied vördeem inhaalt un sük in hör Leven rinfreten. Heel sacht eerst. Man de Freeiheid van fröher was daarhen west – un nich weer na Huus komen, nu waar de Kinner nananner uttrucken wassen.

Wo harr dat so wied komen kunnt, waar harren se sük verloren?

„Du sittst blot noch in dien Warkstee un schruffst an dien Leven vörbi", harr se seggt. „Un för mi hest du heel nix mehr över. Alleen noch dien Motorraden un de Touren mit dien Kulantjes!"

Vör dree Maant, se was nett van en Reis mit hör Fründin Karin van Menorca weerkomen, harr dat de grote Knall geven. Van do an kunn Frieso ok noch de Nachten in sien Warkstee verbrengen. Dat he ja nich stören dee, umdat se sovööl anners to doon harr – mit hör Fründinnen. Man Frieso harr in en gadelken Ogenblick tofällig de Narichten upblinken sehn, de en Kai Kiwitt, „en heel leven Keerl" ut hör Reha-Tied, unnerratts stüren dee. Of se hum weersehn harr sietdem? Frieso much nich daarover nadenken.

S'avends was de Dörpskroog sien neje Haven. Un daar harr he Heiner truffen, de dat nettso gahn was as hum.

„Denn mutten wi woll 'n WG openmaken, Frieso!", harr Heiner denn tomaal meent, as he de anner Avend al weer vööl to vööl dör sien Kehl lopen laten harr. Aver up sien Idee kunnen se sük ok een Dag later noch good besinnen. So wassen se uplest anfangen, sük umtohören. Un na twee Weken harren Frieso un Heiner heel un dall hör Tasken nohmen.

An 't Enn van 't Dörp, waar de Weg in d' Hammerk gung, wohnden se nu tosamen in dat Huus, dat Oma Gerbers en Tied vördeem för immer verlaten harr. Bi hör Enkel wassen se Mieters worden un dürsen dat Huus, ofproot mit hum, so umklütern, as se sük dat vörstellen deen. Dat harr hör Mood weer neje Flögels geven. Frieso much sowieso nix lever as Klütern, un Heiner was en utbildt Elektromeister, de sien lüttje Warkstee uplest wiederverköfft harr.

De Lüü deen sük wunnern, wo mooi un modern Oma hör oll Huus unner hör Hannen bold utsehn dee. Ok wenn de See noch 'n halv Stünn wied weg lag, harren se, bit up twee Kamers unner 't Dack, bold dat vullkomen Strandhuus daarut maakt. Un umdat beid nich mehr arbeiden mussen, deen se kört darnaa swemmen in en Meer van Tied. Van hör Froen was daarför kien Wink an d' Horizont to sehn.

„Mag de Düvel weten, wat in de hör Koppen vörgeiht", was Heiner immer noch düll, un beid harren hierup weer mit hör Beerbuddels anstött.

Dat Leven in de Wohngemeenskupp was leep unwennt un düdelk anners as vördeem. Man ok wenn Frieso blot dat Nödigste wuss över sien Huusmaat, verstunnen se sük good, up Mannlüü hör Maneer.

Denn kwamm de Dag, as Heiner besloot, de beid Zimmers unner 't Dack to verhüren, an Mannlüü, de ok nett rutflogen wassen ut hör oll Leven. As se daarbi de leste Schappen openmaakt harren, funnen se noch 'n heel Rummel Kleer, un mitmaal harr Heiner schackert un meent: „Villicht köönt wi de Froolüü ok nich verstahn, umdat wi nich in hör Kleer stecken!" Denn harr he na en Kleed un hoog Schoo grepen un was in d' Baadkamer lopen, um sük umtotrecken. De Verwanneln was nich uttomaken un verschruck Frieso vörderhand. Man as se ok noch Prüken besörgt harren un sük sminken deen, moken se sük immer faker en Spaß daarut, hör Avenden as Froolüü to verbrengen un mit hogerde Stimmen to proten. So bekeken se denn Pokalspölen of Thrillers in d' Kiekkast un deen dat kommenteren, so as se sük dat ut de Snabel van en Froominske vörstellen deen. Harren se daarbi eerst noch vööl to lachen, wurr de Maskerade bold heel natürelk för de beid Mannlüü. Man Heiner muss weer överdrieven, hung Lampions vör d' Döör, spöölde oll Slagers un drunk een Likör na d' anner. Villicht was dat sien Maneer, um mit de Verdreet un Enigheid klaartokomen.

„Laat daar blot nüms achterkomen, se brengen uns anners noch dör 't Land un Logen", see Frieso bang un gung Heiner um sien Ankiek an.

Man de Slump wull, dat Frieso sien Marlies mit hör feine Herr Kiwitt ok bold utnanner leep. Een kunn ok seggen, dat se mit hum hör Mann ankomen was – un sük daardör besinnen dee up dat, wat se froher al hatt harr. Daarum namm se ennelk hör heel Kuraasje tosamen, greep na hör Rad un fuhr an en mojen Avend in September an d' anner Kant van 't Dörp, waar dat Mannlüü-Strandhuus al leep benöömt was. So dee hör Hart denn doch gehörig kloppen, as se de Klingelknoop drückt harr un se klappernde Treden höörde. Man hör Wunner namm kien Enn, as tomaal en frömd Froo vör hör stunn, de sük Hei…de-Marie nömen un hör innögen dee. ‚Harr hör Frieso al lang weer en Heide-Marie?', gung dat Marlies miteens dör de Kopp un se murk, wo duselig un vergrellt se wurr. Man dat kunn ok mit de luude Musik un de Likör to doon hebben, de hier in d' Lücht laggen. Dörlücht was hier al langerder nich mehr worden.

„Ik wull egentlik mit mien Mann Frieso proten, … wenn he överhoopt noch mien Mann is un hier wohnt…", see se uplest, as se al in en heel modeern Sessel to sitten komen was.

„Dat is heel nich so eenfach", meende Heide-Marie grumsig un goot daarbi en neei Glas in. „Wi leven hier buten nämlich heel anners, mutten Se weten." Alleen was hör Antwoord dör de Slager van Marianne Rosenberg haast nich to verstahn.

„Dreih de Musik doch runner", höörde Marlies denn tomaal en tweede Stimm, de tomaal twee Oktaven anhoog gung. En tweede Froominske was in de Kamer inlopen komen un leet denn doch 'n bietje verfehrt unner all hör Sminke. Marlies mook grote Ogen un bekeek sük de Mamsell denn doch genauer. Se greep na dat Glas, drunk de Likör in een Zug un see denn verwunnert: „Ja, wenn ik dat vördeem wusst harr, dat dat dien geheemste Wünsk was!"

Daar reet Frieso sien Prüük verlegen van de Kopp un reep: „Man dat is doch blot för 't Pläseer ... dat is Malljageree, Marlies! Dat maken wi doch nich elke Avend ..."

Man Marlies fung hierup an to lachen un reep: „Heide-Marie!? Dreih de Musik weer up: Wi hebben wat to fieren! Entweder ik finn bi mien Frieso torügg of ik treck hier bi jo in – un denn worden wi: ‚Dree Damen van 't Strandhuus'!"

De Dood full dör d' Breevkasten-Klapp

En Krimi up Platt

Kommissar Oldigs stunn tomaal de Sweet vör d' Kopp. De Bericht van de Kriminaaltechnik, de hum nett vörleggt wurr, leet kien Twiefel mehr. De Mann un ok de Froo ut de Krummhörn wassen mit een un desülvigste Pistool doodschoten worden, blot 'n paar Dagen nananner. Genauer: mit en oll Militärpistool, Kaliber 9 Millimeter. Över dat Kaliber van de Mörder much he noch heel nich nadenken.

Dat gaff 't doch blot in de unkünnige Krimiboken, de de Touristen so geern lesen un mitnehmen deen. En Moorner, de sien Lieken gliek bi d' Rieg in de moje Küsten-Landskupp fallen leet. So as de Schrieverslüü elkeen dat wiesmaken deen in hör Interviews. Nettgliek, of een dat hören wull of nich. Daarbi kreeg de een of anner van de Leesders dat uplest so mit d' Nood, dat se in hör Strandkörven of Bedden an 't Trillen wassen un heel nich mehr upstahn of an d' Döör gahn muchen. Alleen dat Slimmste was, dat disse Moorner real was un dat sien of hör Hannen kien Trüggeln kennen deen.

Man wat Oldigs heel un dall nich in de Kopp wull: Bi hellerlechten Dag wassen de Schöten fallen un nüms harr sük daaröver wunnert. Solang nich, bit dat se de Lieken denn funnen harren. Toeerst Beitel Poppinga, 61, en Fisker- un Handelsmann ut Greetsiel mit egen Kutter. Un kört daarna de 43-jahrige Christine Wehmann ut Groothusen, de van 't Bürgergeld un hen un her 'n bietje Kellneree in en Fisklokaal in Nörddiek leven dee. En Verbinnen tüsken de beiden harr dat bit daarto nich geven. Man en Verbinnen muss d'r wesen! Daar gaff dat kien Verdoon. Oldigs greep daarum na d' Telefoon-hörer un reep sien Kolleeg Sanders an, de nett dör Groothusen spinnfootjen dee, um de Nabers van Wehmann uttohören.

„Derk, höör e'm: Uns beid Delikten hangen tosamen, wi hebben blot noch een Fall! De KTU hett nett de Bericht över de Projektilen bi mi up d' Schrievdisk naiht. Beid Projektilen wurren ut een un desülvig Kanoon offüürt! ... Ja, du, ik fahr nu so weer na Greetsiel un versöök bi de Fiskers noch wat in 't Nett to kriegen!"

Man as Oldigs 'n paar Stünnen later weer na Huus kwamm, harr he dree Fiskerlüü immer noch nich antruffen, umdat se mit hör Kutters weer to See fahren wassen. Een van hör kunn de Moorner wesen, doch Oldigs. Man de Kommissar leet sük daarvan nu nich imponeren, freide he sük doch up sien Fieravend-Beerke un up dat token Football-Spööl um de EM-Pokaal. Alleen muss he daarför na boven in d' Bügelkamer utwieken, umdat sien Edda unnern de neeiste Krimi-Lustspööl ut Leer in 't ZDF bekieken wull. „Du, Marten, de dreihen disse Dagen al weer överall in Oostfreesland. Dat stunn güstern groot in d' Kurier", reep se hum noch achterna, Füür un Flamm för hör Kiekkast-Helden. Man Oldigs wull nix mehr hören van utgedachte of real Verbrekens an disse Avend.

De anner Vörmiddag wassen Sanders un he weer up Padd in d' Haven un de Lohnen van dat Fiskerdörp. Man ok nu kwammen se nich recht wieder.

„Beitel Poppinga? Holl mi up mit Beitel Poppinga, de proterg Keerl! De muss al lang nich mehr fisken. De höörde nich blot sien egen Kutter, man twee annern ok noch! De hett Andelen an twee Fisklokalen un bestimmt dree Husen hier in Greet' hat", kregen se to hören. Man wenn se ok noch wat ut de Vergangenheid hören wullen, denn sullen se man driest bi oll Wiard de Beer lüden, de d' Haven kien Minüüt ut Ogen leet, was he ok al siet twintig Jahr up Rent.

De staffold Fisker muss nich lang överleggen, as de Ermittlers bi hum in d' Teeköken satten, inraahmt van blau-witte Delfter Fliesen.

„Christin' Wehmann heet dat Froominske, seggen ji, de sük daar in Groothusen 'n Kugel infangen hett? Ik hebb daaröver in 't Bladd leest", see de Beer – un denn: „Ja, daar was maal wat … Un he harr ok so sien Rieveree mit Beitel Poppinga, wenn ik mi recht besinnen do!"

„Van well proten Se?", wull Oldigs weten. „Dree van de Fiskerlüü hebben wi heel noch nich vernehmen kunnt."

„De Keerl, van de ik proten do, is al lang kien Fiskermann mehr un leevt vandaag heel bedröövt in sien Ollens oll Kaat, dree Lohnen wieder van hier. In 'n Siedelweg, waar de Touristen smaals nich langskomen", simeleerde de Beer. „Ik meen Berend Willers, de hett wiss nich so vööl Glück hatt in sien Leven. Of un to proot ik noch maal mit de granterg Keerl un daarum weet ik ok, well he sien Malöör toschrieven deit. Bi Beitel harr he över de Jahren sovööl Schulden, dat de hum uplest sien Kutter wegnohmen hett. Un mit de Christin Wehmann harr Willers maal wat, as sien Froo noch leven dee. De Wehmannske was ja alltieds klamm un hett hum um Geld anwest. Denn dee se ok nix seggen!"

„Man dat sünd ja twee handfaste Motiven, um de beid dat torügg to betahlen", see Sanders. „Wat wi bovendeem nich begriepen: Waarum hett denn nüms de Schöten hoört, ok hier in d' Haven nich?"

„Ach, de Balleree un Skandaal!", wunk de Beer of. „Daar hören wi heel nich mehr na! Dat hebben wi hier doch al dree, veer Maant, wenn de Filmautos weer in 't Dörp sünd!" Denn greep he in 'n groot

Stapel Papier tegen sük un truck daar 'n Breev ut. „Un vördeem smieten s' uns immer 'n Naricht in d' Breevkast, wannehr se dreihen: To welke Stünn un waar – un dat dat luut worden kann!"

„Un genau dat hett Willers up en Idee brocht!", see Oldigs.

„Ik hebb 't ja futt seggt: De Schrievers un Film-lüü mit hör unkünnige Geschichten! Anners was dat ja gar nich mögelk west."

„Daarbi fallt mi in", meende de Beer, „dat dat noch nich alls was: Willers harr ok noch so 'n Ar-ger mit 'n Doktor in Pewsum, Doktor Assing, de sien Froo Wunnerdingen angedeihen laten hett, as de al doodskrank was. Leep düre Wunnerdingen meen ik!"

„In Pewsum?", wunnerde sük Oldigs un froog denn mitmaal hevig: „Hebben Se noch d' Kurier van vörgüstern?"

As de Beamten de Bericht kört daarna studeert harren, wussen se, dat se sük beielen mussen. Dat Filmteam harr eerst in Greetsiel un denn in Groo-thusen bi d' Oosterbörg dreiht.

„Vandaag is de hör leste Arbeidsdag", see San-ders un keek daarbi upgereegt up sien Handy. „Rund um de gele Börg van Pewsum filmen de, waar dichtbi ok de Doktor Assing sien Praxis hett un nett sien Patienten behanneln deiht! Wi mutten to un Willers griepen, ehrdat he daar in d' Spreek-stünn sien Pistool trecken deiht!"

Wo Lia anfung to spölen

En Geschicht över de Kinner-Tied

„Gah doch an 't Spölen", wassen de Woorden, de lüttje Lia faaktieds to hören kreeg. Man dat fenger Wicht harr mit hör fiev Jahren al hör egen Kopp un Vörstellen. Villicht was se ok noch 'n bietje to bang, um na de grote Spöölplatz un de anner Kinner to gahn, de meest all oller wassen as se sülvst. Vööl lever swaalkde se bi Oma un Opa dör de Tuun, besünners nu, in 't Vörjahr, waar de beid Ollen de Rabatten weer umgraven deen un anfungen, Planten to setten, Gemüüs to saien un de vörtrucken Tomaten un Gurken in hör lüttje Glashuus umtopotten.

De Ollen van lüttje Lia wassen unner d' Week nich faak tohuus. Bi de Zinsen un Priesen harren se Halswark, dat se hör Neeiboo nu ok ofbetahlt kregen. Wat good, dat de Ollen van Lias Moder an 't Enn van de sülvigste Straat wohnen deen. Un so harr dat Wicht 'n Bült Stöön an hör Grootollen un verbroch denn ok de meeste Namiddagen, gliek na d' Kinnergaarn, bi hör Oma un Opa. Besünners geern leep se denn de Tuunpaden anhoog un andaal, umdat se nu ok sülvst wat planten un arnten wull. Tominnst harr se sük dat in hör nüdelk Kopp sett.

„Nu musst even kieken", see Opa Geert verwunnert an sien Froo, „se maakt uns allens na! Is ja verloren, se fangt al reinweg mit dat Tuuntjen an!"

Daarför harr sük Lia al de nödige Utrüsten to hör Gebuursdag wünsket. Allens 'n paar Nummers lüttjeder as bi hör Grootollen un 'n bietje bunter. Man nett so mooi as bi 'n rechtschapen Gaarner. So inkleddt, leep se in disse Dagen blied un heel in hör eens mit hör lüttje Schuuvkaar achter Opa un Oma an un namm, nett as de beiden, ofwesselnd d' Schöffel, Hark of Geetkann in d' Hand. Un wenn dat fuul wurr bi dat Umgraven un Planten, truck se hannig hör gröön Handskes över, nett as 'n Ollen.

Lesterhand muss Opa Geert hör denn ok noch en lüttje Deel van een van sien dree Ackers oftreden un mit 'n Band oftrennen. Dat was nu Lias Tuunstee un hier wull se ok 'n paar Tuffels wassen laten, nett so as Eerdbejen, Wuddels un ok Appels van en lüttjen Boom, de se mit Opa Geert un Oma Helga in d' Raiffeisenmarkt köfft harr.

Een Naber van Opa un Oma bekeek sük dat Spill stillkens mit en Smüüsterlachen, wenn he tegenan dör sien egen Tuun strieken dee un över sien mannshoge Buskeree luurde. So gewahrde he, nett as all anner Minsken in dat lüttje Geest-Dörp, dat de Sünn dör dat hele Vörjahr hen un ok dör de Sömmer so heet un grell schienen dee, dat nich alleen de Rasens all dröger un geler wurren över de Weken un Maanten. Dat Gemüüs un Obst wull heel nich eerst anfangen to wassen, wat denn noch to greien. „Dat is al dat tweede Jahr nananner", seen de Lüü, un ok Opa Geert un sien Helga sachen, dat sük buten wat verännern dee.

„Daaröver hebben se dat ja faak genoog in 't Fernsehen of in 't Bladd hatt", see Geert an sien Froo, un se besloten, en Regentünn to kopen, dat se nich so vööl van dat good Water ut d' Waterleitung över hör Rabatten un Rasen sprengen mussen. En Photovoltaik-Anlaag harr Opa al dree Jahr froher up sien Anboo timmert. Man de beid Ollen beduurden ok lüttje Lia, dat se so 'n Malöör mitmaken muss in hör eerste Tuuntjejahr.

„Ik hebb en Infall", gnifflachde Oma Helga, un 'n paar Daag later hanteerden se un Geert ok savends noch in hör Tuun up Lias lüttje Parzell. Un dat Wicht wuss sük Wunner kien Enn, as Opa de anner Dag an hör see, dat dat nu Tied was, de Tuffels un Wuddels ut de Grund to halen. De Eerdjebejen wassen över Nacht so hannig wussen, dat Oma hör all plückt un för hör in en Schaal leggt harr. Man de Appels an d' Boom wassen d'r ja ok noch.

Un würrelk wahr funn Lia Tuffels in de Grund, as se un Opa de Förk ansetten deen, un ok Wuddels. De Schaal, waarin Oma de gleihnigrode Eerdjebejen insammelt harr, kennde Lia eets al van hör Ollen ut de Dörpladen. Man noch mehr wunnerde se sük, as se murk, dat de Appels mit dünn Strippen an de lüttje Boom fastbunnen wassen. Lüttje Lia streek sük mit hör Wiesfinger över hör tosamenknepen Mund un doch en kört Sett na, wieldes Opa heel andaan was, van dat Gemüüs un Obst, dat se anbaut harr. De Naber, de in disse hete Sömmerdagen mit en Strohhood över de Heeg glupen dee, schüddkoppde, as he daar overtokwamm. „Dat kann man doch nich maken", doch he bi sük, „wat sölen de Kinner denn daarbi lehren, wenn man hör allens vörsetten un dat egen Unnerfinnen nehmen deit."

Man mit de Klookheid van dat Wicht harr ok he nich rekend. Denn lüttje Lia lachde un leet sük nix anmarken. Hör Ollen kwammen an disse Avend ok noch vörbi, um hör oftohalen un dat Gemüüs un Obst to pröven, wat hör lüttje Wicht groottrucken harr. Alleen düürde dat kien Week mehr un Lia see an Opa un Oma, dat se nu lever an 't Spölen gahn wull. Umdat se hör Tuunjahr ja ofsloten harr mit de Arnt.

Een Huus wieder, up de anner Sied van hör Grootollens Grundstück, wohnde nämlich en Wicht, dat Lia wall kennen dee dör Oma un Opa, över dat se bit nu hen aver haast heel nich proot harr. Man Lia harr hör al en paar Daag ofpasst un was driest achter hör anlopen un kwamm naderhand up Tied un heel blied bi Oma un Opa torügg. Tomke was ok twee Jahr oller as Lia un gung al na d' School. So sachen Geert un Helga dat geern, dat Lia nu, heel dicht bi, 'n Fründin harr. Alleen kunnen se nich recht in de Achtertuun van Tomkes Ollen kieken.

Dat kunn aver de Naber mit de Strohhood, de de Rektor van de lüttje Grundschool was. Dör sien Arbeid harr he Tomke kennenlehrt as 'n heel slauen Wicht, dat beter lesen un denken kunn as all anner Kinner in hör Klass. Un heel tofällig harr he höört, dat lüttje Lia nu allens över de Klimawannel van hör weten wull un wat man daartegen doon kunn. So satten de Wichter in de Boken up de Terrass van Tomkes Ollen, wenn se nich an 't Spölen wassen. „De beid sölen hör Weg wall maken – sotoseggen spölend", doch de Kukeluurder tofree un greep weer na sien Geetkann.

Gröten
över Boord

En lüttje Wiehnachtsgeschicht

Toeerst wull ik ja heel nich mit, umdat ik lever in 't Vörjahr of Sömmer up Tour gah. Man am Enn hebb ik denn doch mien lüttje Wunner beleevt, dree Husen wieder, bi uns in d' Straat.

De meesten in uns Karkenchor wullen sük de Wiehnachtsmarkten in Hambörg bekieken, besünners de ollerweltske daar up d' Raadhuusmarkt. Un, wenn se al maal daarwassen, natürelk ok de Elphi, dat Packhuusviddel of dat Ohnsorg-Theater, waar dat 'n kandiedel Wiehnachts-Fabel mit 'n Bült Musik geven sull. Uplest, mien Froo hull nich up, hebben wi denn ok toseggt un satten in de Reise-Bus, de uns na en Hotel up St. Georg brengen sull.

Umdat noch twee anner Gruppen ut uns Naber-dörpen mitfuhren, was de Bus gau vull worden.

Bovendeem dee Hambörg uns mit mooi Weer upnehmen. Un dat gaff de veer Dagen ewigs lecker Eten. Besünners denk ik daarbi noch an uns Menü in de „Hobenköök", waar wi middenmank en groot Markthall satten. Man daarup wull ik heel nich ut.

Bi all uns Besöken un Veranstaltens gaff dat noch reell Tied, in de wi uns sülven wat vermaken kunnen. So stunnen mien Froo un ik, kört nadeem wi ennelk de ollerweltske Wiehnachtsmarkt sehn harren, denn ok an de Landungsbrüggen. Wi harren nett de Docks van Blohm & Voss un de Elphi bekeken un mit uns Handykamera upnohmen, do full mi mitmaal en Gesicht in de Menge up, as ik mi de Lüü genauer bekeek, de hier all tosamenlepen.

De jung Mann, de mi upfallen was, kwamm unversehns liek up mi daal, ohn mi wahr-tonehmen. Un as he denn heel dicht vör mi stunn, umdat ik mi nich rögen dee, was ik so baff, dat ik driest froog: „Nu segg even, büst du nich de Jung van uns Nabers, dree Husen wieder? ... Wacht even: Helge Hinrichs!?"

„Ja, dat bün ik woll", gaff he verlegen torügg un see denn hannig: „Denn mutten Se, Herr ... un Froo Behrends wesen!"

„Du dürst ruhig Reiner un Elke an uns seggen. Wi kennen di ja noch ut de Tied, as du in d' Weeg laggst un dat Kinnertöön gaff in d' Naberskupp", meende ik. Denn gaff ik weer, wat sien Moder noch annerlest in d' Supermarkt an mi seggt harr: „Un vandaag sünd dien Ollen so stolt, dat du ok to See fahren deist, nett as dien Vader, Opa un Ur-grootvader vördeem...! Man dien Moder meende ok, dat du driest maal weer in Jheringsfehn um d' Hörn kieken kunnst!"

Hierup verschoot hum de Klöör un he stamer-de: „Ja man, dat is dat ja nettakkraat: Ik kann nich mehr na Huus, nooit nich! Mien Ollen würren dat nich in hör Stuurkoppen rinkriegen."

Un as wi teihn Minüten later tosamen in en Backeree-Café satten, vertellde he denn sien hele Geschicht. Sien Utbilden bi d' Reederee harr he al bold weer ofbroken.

„Ik bün 'n Bangbüx un mi word hannig flau up See. Un van Aventüren lees ik lever, as dat ik de sülven dörstahn mutt", vertellde he unnerhands un dreihde daarbi sien düsterrode Mütz dör de Fingers.

De Postkaarten, de sien Ollen ut al Hoken van de Wereld tostüürt kregen, harr he in Hambörg schreven un Maaten un Matrosen up grote Fahrt mitdaan, de hör denn van Afrika of Argentinien, waar ok immer se ankern deen, na Oostfreesland stüürden. Daarbi föhlde he sük as de lüttje Karl May ut de Internettied, harr he dat doch över Ste-den un Kuntreien, de he alleen van d' Computer-bildschirm kennen dee.

Tohuus anropen harr he al siet 'n Jahr nich mehr. De Daalslag, dat he mit de stolte Mannlüü-

Tradition in sien Famielje broken harr, würr to groot wesen. Nu was he nett dör de lüttje Elbtunnel lopen komen, van sien Arbeid an de Docks. Daarmit betahlde he sien Hüürkamer un sien neje Leven. He studeerde un wull Architekt worden. De Gedank daran harr hum siet Kinnertied nich lösslaten.

„Aver sien Moder stüürt hum doch elke Jahr an Wiehnachten Kumpelmenten över 't Radio. Mit de Sendung för de Seelüü, du weetst al: ‚Grööt an Boord'! Wat se daar ut de Kulturspieker in Leer live utstrahlen doon van d' NDR", see mien Froo achterna, as Helge al lang wiedergahn was, man sien Handynummer torügglaten harr.

As wi denn ok weer tohuus in Jheringsfehn ankomen wassen, düürde dat nich lang un ik truff de Moder un Vader van Helge bi uns in d' Kark. Se wassen laat Ollen worden un leep unklünig mit de Moden un Maneren van de tegenwordig Tied. De Spraak kwamm ok up Wiehnachten un se beduurden, dat se hör Jung siet tweeunhalv Jahr al nich mehr sehn harren.

„Mennig good Woorden un Gröten gahn över Boord", see ik denn besünners an Helges Mo-

---

[1] Zufall oder nicht: Kurz nachdem diese Geschichte geschrieben war, wurde bekannt, dass die Sendung „Gruß an Bord" erstmals nach vielen Jahren nicht mehr in Leer, sondern vorerst nur noch in der Hansestadt Hamburg aufgezeichnet werden solle. Vergl.: Jasmin Oltmanns: Kultsendung „Gruß an Bord" verlässt Leer. In: Ostfriesen Zeitung, 23.10.2024, S. 12.

der richt, „umdat se up en verkehrt Ohr stöten of heel nich höört worden. Man ik kunn mi vörstellen, dat, wenn Se Helge disse Jahr över 't Radio stracks innögen, he doch woll maal weer na Huus komen un vertellen will, wat hum so allns umdrieven deit."

Dat was en Idee, de hör toseggen dee un noch de sülvigste Avend schreev ik en Naricht an Helges Handy, dat he an d' 24. Dezember driest sien Radio inschalten kunn.

Un wiss beleevde ik denn mien lüttje Wunner, as an d' tweede Wiehnachtsdag en Taxi hollen dee, dree Husen wieder bi uns in d' Straat. De düsterrode Mütz van de Fahrgast erkennde ik futt, ok dör all de fallende Sneeiflocken hen. Un jüst disse Ogenslag was för mi denn dat mooiste Geschenk: Nu kunn dat ok dree Husen wieder weer Wiehnachten worden.[1]

Un as Togaav een Geschicht van de

Echte Oldersumers

Joke & Harm

Well klaut dann ok wall Wiehnachtsbomen?

En Kriminalgrotesk ut dat Havendörp Ollersum

Dree Daag vör Wiehnachten harr Joke Bruns noch docht, dat dat Jahr nu denn ok so sacht utklingen kunn. Dat gaff noch bannig vööl Arbeid up d' Werft in de komende Maanten, man de leet sük ok na Wiehnachten noch good doon. Nu was dat Tied, um to Ruh to komen. De Geschenken wassen al inpackt, de Inkopen för de Fierdagen good inlagert un de Wiehnachtsboom stunn al in d' Kamer. Man siet güstern Avend was de hele Sinnigheid daarher, as he sien Kolleeg Harm Janßen in d' Frühstückspaus up d' Werft vertellde.

„Du glöövst dat nich, Harm", fung he an, „man mien Froo, de Martha, hett mi güstern Avend so lang trüggelt un beedt, dat ik uplest nich anners kunn! Un denn hebb ik in mien Nood toseggt, dat ik för mien Swegermoder mit hör 92 Jahr nu ok noch 'n Wiehnachtsboom besörg, dat ik hum na Borssum henfahr un tegen mien Sinn in hör Upkamer upstellen un mooi upklütern do! ‚Umdat dat ja so 'n Arigheid is!'", mook he sien Swegermoder na. „Daarbi hebben wi hör al vör fiev Jahr 'n lüttje Plastikdann mit LED-Lampkes köfft, dat se un hör lüttje Huus nich afbrannen! Un de namaakt Boom harr se bit nu hen elke Jahr an, un dat was alltieden good."

Werftkolleeg Harm Janßen, de sük de hevige Woorden van Joke Bruns sinnig anhöört harr, see uplest: „Man Joke, dat is denn nu ja ok nich heel so 'n groot Malöör, de Loperee is noch dat Slimmste daaran."

„Dat weet ik wall, Harm", gaff Joke Bruns torügg, „man du musst nich glöven, dat ik för dat Froominske nu noch 'n dürabeln Wiehnachtsboom kopen do! Daar word nix van!"

„Dat höövt ja ok nich", see Harm Janßen fien, „ik hebb ehrgüstern nämlich höört, dat de Günther Hartema, de daar heel achtern in Tergast de Nordmannschonung hett un de mooiste Wiehnachtsbomen för düür Geld verkopen deit, mit 'n Gehirnerschütterung in 't Emder Krankenhuus liggt. De hett nämlich bi 't Utlevern van sien Dannen 'n Unfall hatt! Un sien Jung, de hum anners al düchtig hulpen hett bi dat Geschäft, sitt in Münster fast, waar he noch de leste Klausur för sien Examen schrieven mutt! De Dannen stahnt daar praktisch heel verlaten in d' Feldmark – un mien Dini un ik, wi bruken ja ok noch 'n Wiehnachtsboom!"

Daar fung Joke Bruns mitmaal an to smüüstern un see an sien Kolleeg: „Harm, dat is villicht uns Gelegenheid!"

In disse Nacht fung dat aver up eenmaal bannig an to snejen. Un Joke muss sük de anner Mörgen reinweg de Ogen frieven, umdat buten bold teihn Zentimeter Sneei laggen. Avers nu muss dat gahn, up de leste Dag vör Hilligavend.

„Düvel holl, nu hett dat ok noch sneeit!", argerde sük Joke, as he Stünnen later in de lüttje rode Polo insteeg, mit de Harm hum van Huus afhalen dee. „Nu liggen al bold fievteihn Zentimeter, Harm – un dat in de paar Stünn, waar wi vannacht slapen hebben."

„Wat reegst du di denn so up, Joke?", wunnerde sük Harm, „bi dat Weer sünd ja villicht ok vööl minner Autos up d' Straat, un de Schandarms hebben ok wat anners to doon, as achter klaude Wiehnachtsbomen hertosnuven!"

Aver Joke wull daar nix van hören un schüddkoppde. „Man uns köönt se ok bit na Huus naspören! Wi maken doch överall Sporen in d' Sneei, mit uns Foten un ok mit uns Autoreifens!"

„Och", see Harm heel bedaart, „daar maak di man kien Sörgen um: Ik kann nett so licht lopen as 'n Katt, un de Reifen hebben al siet Jahren kien Profil mehr!"

„Oh, Heer!", reep Joke bang, un in de sülvigste Moment kwamm dat Auto an disse Namiddag dat eerste Maal in 't Slingern. Se swummen ok mehr, as dat se fahren deen in de nächste twintig Minüten, bevör se bi dat Dannenland ankomen deen, dat noch kilometerwied achter Tergast lagg.

Dumm was blot, dat de beid Werftarbeiders nich wussen, dat de Jung van de Dannenboomzüchter Hartema dat Geschäft in Tokummst noch 'n Bült moderner uptrecken wull. Dat he nu al an elke Boom en lüttje Computer-Plakett fastmaakt harr, de he per Satellit – ok van sien Studentenbuud in Münster ut – genau naverfolgen kunn, wussen Joke un Harm al lang nich. So kwamm dat, dat Kriminalhauptkommissar Wiard Christophers, de nett mit twee Kollegen van d' Autobahnpolizei bi d' Eemstunnel torüggfuhr na Emden un up de Diekstraat Richtung Ollersum unnerwegens was, per Funk anropen wurr: De Stimm in de Luudspreker gaff dör, dat daar 'n Vördelstünn vördeem twee Wiehnachtsbomen van en Dannenboomschonung ut Tergast verswunnen wassen un dat sük dat GPS-Signaal van de Transponders kört vör Ollersum över de Computerlandkaart bewegen dee. Disse Naricht was för Christophers haast wichtiger as de freje Fierdagen. He brannde daarup, sien Upklärungsstatistik för disse Jahr noch to verbetern. Mehr noch ahnde he al, well da vör hum unnerwegens was in dat Sneeidrieven un nich maal Respekt harr vör de hillige Wiehnachtsdann. Wat kunn dat för 'n groter Wiehnachtsgeschenk geven, as de beid unklünige Werftarbeiders ennelk to faten!

Unnerwiels wassen Joke un Harm weer bi dat Neeibaugebiet van Ollersum ankomen. Harm was unnerwiels al de Sweet utslaan, man hum verschoot de Klöör, as he nu in de Feernte en Sireen hören dee. „Oh Gott, nu hebben s' uns gliek, un dat een Dag vör Wiehnachten!", reep he, unnerdes dat Auto an de lüttje Tankstee vörbischeten dee. Twee Minüten later glee hör VW automatisch van de Straat af un bleev up de Vörplatz tüsken de Oll School un de reformeerde Kark stahn.

„Nu man hannig na buten", meende Joke, de mitmaal 'n Infall harr, „un de Bomen nehmen wi gliek mit in de Kark!"

Minüten later kwamm ok Harm in de Kark un murk bold, dat hum hier heel still un fierlik um 't Hart wurr. Överall brannden de Keersen, un achter de Krübb wassen Stück of wat Dannenbomen upreeit. Joke stunn bi en paar Ollersumers, de as Karkendeners alls för de grote Wiehnachtsgottsdeensten torechtmoken.

„Tja, un wo köönt wi jo anners noch helpen?", froog he nett, as ok de Pastoor in sien Talar in de Kark kwamm.

Buten was de Sireen nett heel luud to hören west, un mit 'nmaal was de Alarm utsett worden. Harm schruck tosamen. Man he muss noch 'n paar Minüten wachten, bit de Karkendöör weer upspringen dee un Kriminalhauptkommissar Wiard Christophers d'r inlopen kwamm, mit twee Schandarms in 't Sleeptau. De stolte un grootwussen Kommissar ut Emden nickkoppde de lüttje Gemeen to un gung dann driest up Joke un Harm daal.

„Moin, Heer Pastoor, moin mitnanner", fung Christophers an. „Nu is ennelk de Tied komen", freide he sük. „Disse beid swart Schapen, Heer Pastoor, ik meen de Heren Bruns un Janßen, sölen disse Wiehnachten wall nix van Hör Predigt to hören kriegen! Ik sall hör nu wall even verklaren, wat wi weten, un denn köönt de beid Wiehnachten dör ieskold Zellengitters bekieken."

Rumsdi! De Slag satt, un Harm fung an to trillen un dat nich, umdat dat so kold was in de Kark.

„Ja, man waarum dat dann, gode Mann", wunner sük de Pastoor nu.

„Dat will ik Hör genau vertellen", see Christophers, un Joke un Harm sachen, dat een van de anner beid Schandarms al mit sien Fingers över de Hand-Iesders striekeln dee.

„De Heer Hartema in Tergast, de daar de Wiehnachtsbomen verköfft, hett an sien Dannen Computer-Plaketten anbrocht, un twee daarvan sünd vör knapp 'n Stünn van daar wegbewegt un daarmit klaut worden. Un wi hebben eerstens de Bomen per Satellit mit uns moderne Methoden bit hierher verfolgt! Genau hier in de Kark hett dat Signaal van de Transponders gewaltig utslaan. Dat weten wi all van Nils Hartema, dat is de Söhn van de Dannenverkoper. Un as wi hier ankomen sünd, hebben wi tweedens dat Kennteken van dat rode Auto, dat hier körtens henkurvt is un noch mit 'n warme Motor vör d' Kark steiht, in uns Computer ingeven; umdat de Rücksitzen noch umklappt wassen un in dat Auto noch 'n Hand vull Dannennadels lagg. Dardens hört dat Auto en Meinhard Rademacher un dör en Anfraag bi 't Inwohnermeldeamt weten wi, dat de Rademacher de Unkel van Heer Janßen is. Veerdens is dat Auto bovendeem nich mehr verkehrsseker un hett tominnst al siet sess Jahr kien TÜV-Warkstee mehr van binnen sehn. Un laten Se mi fievtens raden: Disse beid Mannlüü sünd as Lesten hier in de Kark komen!"

Mit 'n gewaltigen Ramentern flogen d'r mitmaal Missklangen van de Örgelpiepen up de lüttje Gemeen andaal un all verfehrden sük gehörig.

De Pastoor was de Eerste, de sük weer fangen dee.

„Och, dat … dat is blot uns Organist", verklaarde he, „de sünd sien Hannen bi dit Weer seker ok 'n bietje infroren. Van dat Orgelwark un sien Winterslaap will ik gaar nich proten!"

Joke sloog de Sweet ut, man nich um de Missklangen. He harr vöölmehr begrepen, dat dat Klauen immer stuurder wurr in disse moderne Tieden. Un Harm, de achter hum stunn, wispelde hum in d' Nack:

„Villicht is dat ja gaar nich so slimm Joke, dat wi nu in 't Backje mutten. Tominnst is dat beter, as bi dien dösige Swegermoder an Wiehnachten to sitten – nu, waar du ok noch kien Boom för hör hest!"

Man dat höörde nüms anners unner de Kanzel, denn de Pastoor harr dat Woord an sük nohmen un see nett:

„Dat kann nich angahn, Heer Kommissar, ik bün as Leste in de Kark komen un na mi noch Se un twee Polizeibeamten!"

Christophers see hierup: „Se weten al, wat ik menen dee, Heer Pastoor."

„Nee", gaff de Karkenmann trankiel torügg, „dat begriep ik nich, un ik begriep al lang nich, wo Se sük so seker wesen köönt mit Hör Theorie!"

„Wieso?", wunnerde sük Christophers, „ik hebb Hör doch gliek fiev Bewiesen uptellt!"

„Wenn wi maal heel ehrlich wesen willen, Heer Kommissar", see hierup de Gottsmann, „dann hebben Se doch blot Indizien uptellt! … Ik lees ja of un to ok maal so 'n Kriminalroman un glööv, dat ik van Hör Handwark daardör tominnst 'n heel bietje verstah! Daarum köönt Se doch gar nich bewiesen, dat de beid nettakkraat mit dat Auto, dat ok noch 'n Unkel hören deit, hier anfahren komen sünd! Villicht hett hör Unkel ok sülvst up de een Sied van uns Kark parkt un se sünd van de anner Sied to Foot hier rinkomen. Dat dat Auto nich verkehrsseker is, köönt Se up d' anner Kant blot de Besitter van dat Auto, also de Unkel, ankrieden."

„Ja, man nu maken Se mi doch nich mien feine Ermittlungen dörnanner!", schull de Kommissar.

„In dubio pro reo, Heer Kommissar! Of as dat in d' Bibel heet: ‚Wer unter euch ohne Sünde ist, der werfe den ersten Stein!' Un dat gellt an Wiehnachten gliek tweemal un noch daarto bi so 'n Lappalie. Wat mögen de beid Bomen ok wall kösten? 40 bit 60 Euro? Dat is doch kien Striedweert. Ik kann Hör aver ok noch seggen, warum dat Satelliten-Signaal hier so fors in uns Kark utslaan deit: Se sehn ja, dat hier 'n heel Rummel Bomen stahn."

„Tja", full Opa Sparringa hierup in, „wat ik al de heel Tied seggen wull: Ik hebb mi nämlich bi de Heern Pastoor an mien 80. Gebuursdag wünsket, dat wi 'n helen Winterwald an Wiehnachten in uns Kark to sehn kriegen! Un de Bomen hebb ik all bi Günther Hartema per Telefon bestellt!"

„Ok, wenn dat nich recht in en evangeelsk-reformeerde Kark passt", verklaarde de Pastoor, „hebben wi för uns Jubilar in disse Jahr en eenmalig Utnahm maakt."

„Ja, dat ik dat noch maal up mien oll Daag beleven do!", höögde sük de Rentner. „Dat deit ok so mooi ruken!"

„Un de Bomen unner de Heer sien Himmel gehören uns doch ok all mitnanner", överleggde de Pastoor luud.

„Un wo willen Se dann ok wall de twee klaude Bomen daartüsken utfinden, Heer Kommissar?", wurr Joke Bruns nu weer munter un wees achter sük up de Dannenrieg, „de hebben doch all so 'n Plakett!" Nu was Wiard Christophers reinweg baff, man he see noch: „Tja, dann weet ik 't ok nich mehr!"

Unnerwiels räsoneerde Harm Janßen: „Laten S' de Kark man even in 't Dörp, Heer Kommissar, un fahren Se weer in Hör Seehavenstadt, naar Emden!"

„Besünners nu, waar wi Wiehnachten fieren willen", stimmde de Pastoor mit in. „Un de Heren Bruns un Janßen köönt Se sowieso nich mitnehmen: Denn över Wiehnachten un in uns Kark gewähren wi hör alltied Asyl!"

In disse Moment settden mitmaal van d' Örgelböön – luud un düdelk – de eerste Akkorden van „O du fröhliche, o du selige" in.

„Man dat is ja wall nich to glöven!", futerde hierup de Kommissar un leep vergrellt ut de Kark un sien Kollegen achter hum an. Wieldes wullen Joke un Harm hör vernarrbruken un repen: „Ja, well klaut dann ok wall Wiehnachtsbomen, Heer Kommissar?"[1]

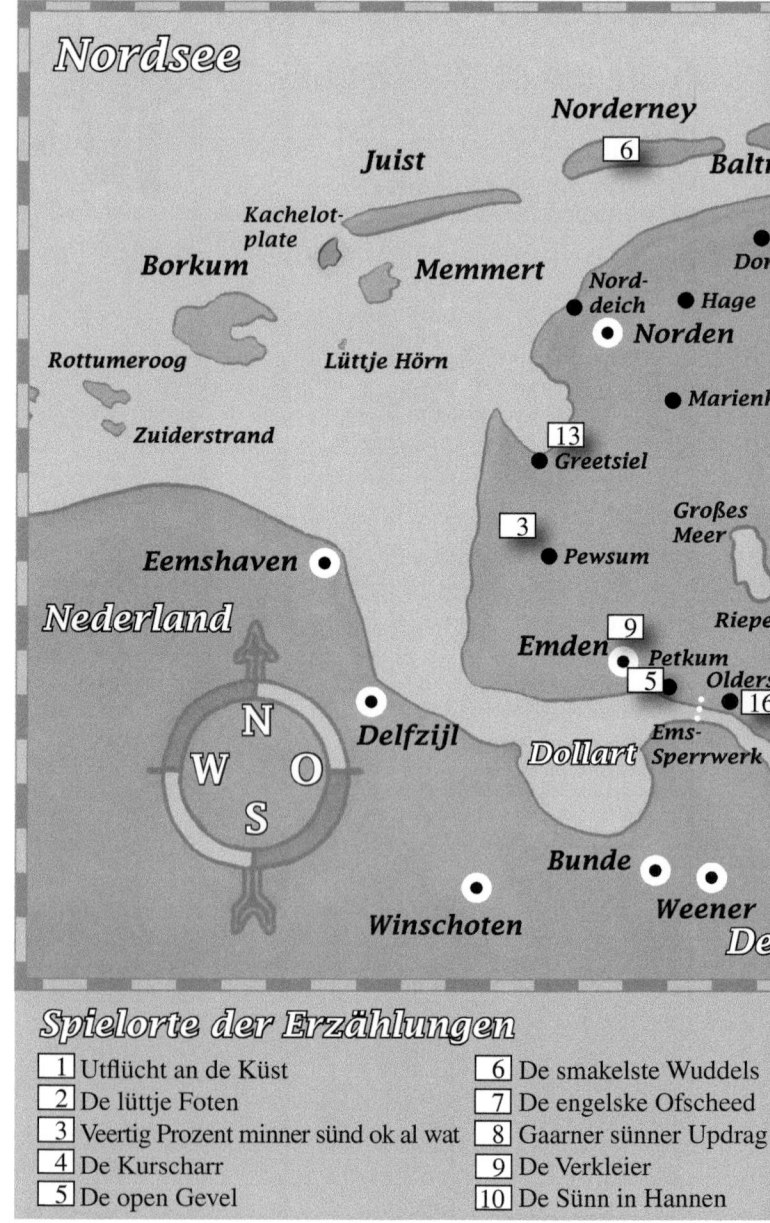

Spielorte der Erzählungen

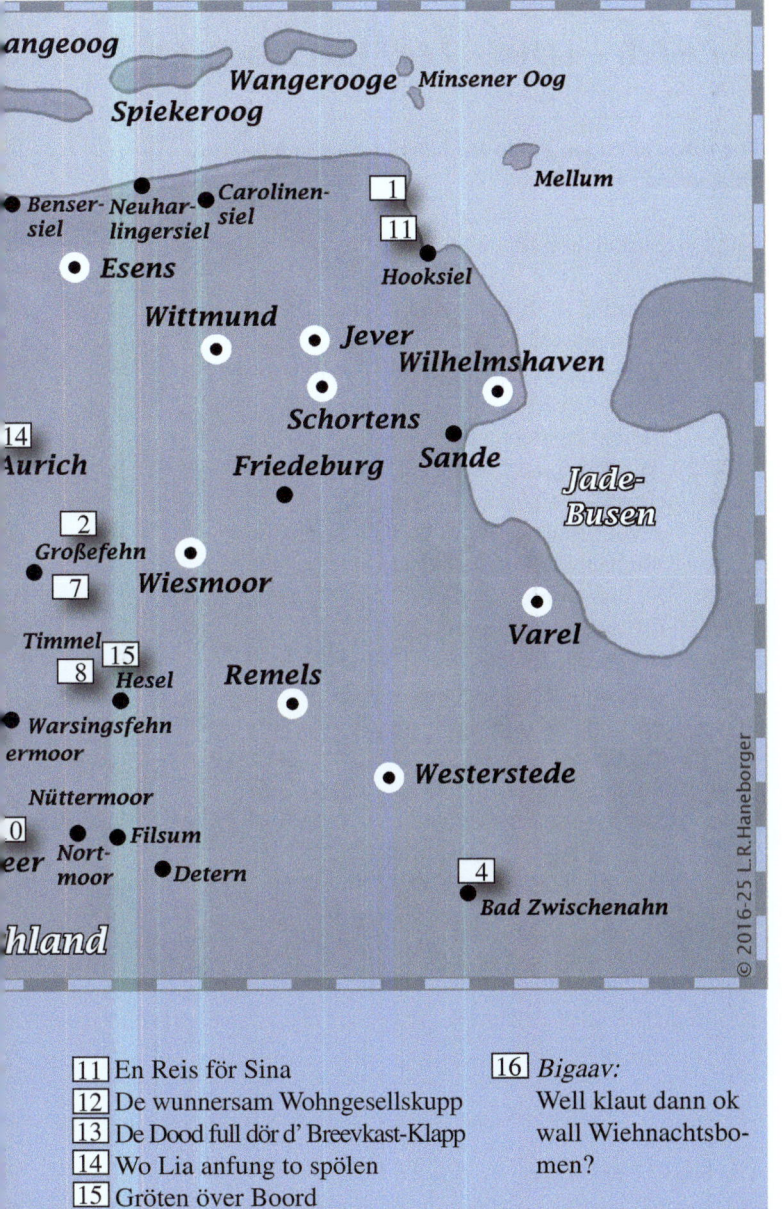

angeoog

Wangerooge Minsener Oog

Spiekeroog

Mellum

• Benser-siel • Neuhar-lingersiel Carolinen-siel `1`

`11`

• Esens

Hooksiel

Wittmund

• **Jever**

Wilhelmshaven

• **Schortens**

`14`

Aurich **Friedeburg** **Sande**

Jade-Busen

`2` • Großefehn

`7` • **Wiesmoor**

Varel

Timmel `15`

`8` • Hesel **Remels**

• Warsingsfehn
ermoor

• **Westerstede**

Nüttermoor

`0`
eer • Nort-moor • Filsum

• Detern

`4`

hland

Bad Zwischenahn

© 2016-25 L.R.Haneborger

`11` En Reis för Sina

`12` De wunnersam Wohngesellskupp

`13` De Dood full dör d' Breevkast-Klapp

`14` Wo Lia anfung to spölen

`15` Gröten över Boord

`16` *Bigaav:*
Well klaut dann ok
wall Wiehnachtsbo-men?

❧ Bild- und Textnachweise ❧

Die illustrierenden Fotos sind an den folgenden Orten entstanden:

Titel: Strand, Schillig, 2023;

S.   6:   Groninger Museum, Groningen, 2015;
S.   9:   Groninger Museum, Groningen, 2015;
S. 19:   Wilhelminengang, Leer, Reportagefoto, 2023;
S. 20:   Groninger Museum, Groningen, 2015;
S. 22:   Ferienappartements, Schillig, 2023;
S. 28:   Aussichtspunkt, Hooksiel, 2022;
S. 34:   Neuer Leuchtturm, Borkum, 2024;
S. 40:   Zwischenahner Meer, Bad Zwischenahn, 2023;
S. 46:   Straßenbild, Petkum, 2021;
S. 52:   Strand, Norderney, 2016;
S. 58:   Privatgarten, Timmel, 2023;
S. 64:   Neuer Friedhof, Timmel, 2024;
S. 70:   Straßenbild, Bremerhaven, 2024;
S. 76:   Privatgarten, Jheringsfehn, 2024;
S. 82:   Strand, Schillig, 2023;
S. 88:   Strand, Borkum, 2024;
S. 96:   Siel, Greetsiel, 2014;
S.102:   Offener Garten, Spetzerfehn, 2021;
S.108:   Rathaus, Hamburg, 2014;
S.114:   Ev.-ref. Kirche, Oldersum, 2015;

Umschlag hinten: Deichstraße, Horumersiel, 2023.

Alle Fotos: Haneborger

Entstehungzeit und Erstdruck der Kurzgeschichten:

Utflücht an de Küst, 2024, Erstveröffentlichung;
De lüttje Foten, 2022, Erstveröffentlichung;
Veertig Prozent minner sünd ok al wat, 2023*, zuerst in:
 Ostfriesland Magazin 08/2023, S. 114f.;
De Kurscharr, 2022*, zuerst erschienen in:
 Ostfriesland Magazin 06/2023, S. 120f.;
De open Gevel, 2023, Erstveröffentlichung;
De smakelste Wuddels, 2023, Erstveröffentlichung;
De engelske Ofscheed, 2023, zuerst in: Ostfriesland Magazin
 05/2024, S. 104f.;
Gaarner sünner Updrag, 2024, Erstveröffentlichung;
De Verkleier, 2023, zuerst erschienen in: Ostfriesland
 Magazin 10/2023, S. 122f.;
De Sünn in Hannen, 2024, Erstveröffentlichung;
En Reis för Sina, 2023, Erstveröffentlichung;
De wunnersam Wohngesellskupp, 2024, Erstveröffentlichung;
De Dood full dör d' Breevkast-Klapp, 2024, Erst-
 veröffentlichung;
Wo Lia anfung to spölen, 2024, Erstveröffentlichung;
Gröten över Boord, 2024, zuerst erschienen in: Ostfriesland
 Magazin 12/2024, S. 54f.;
Well klaut dann ok wall Wiehnachtsbomen?, 2020, zuerst
 in: Lübbert R. Haneborger: Echte Oldersumer III.
 Die diebischen Werftarbeiter Joke & Harm stehen unter
 Strom. Norderstedt: Books on Demand 2021, S.100-120;
 hier: die gekürzte Fassung, erschienen in: Ostfriesland
 Magazin 12/2023, S. 80f. u. 83f.

* = Ursprünglich verfasst für den Wettbewerb „Vertell doch
 mal" vom NDR und Radio Bremen.

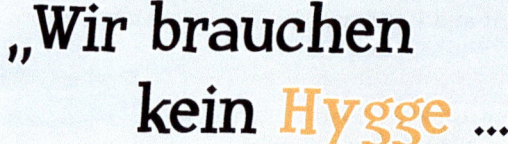

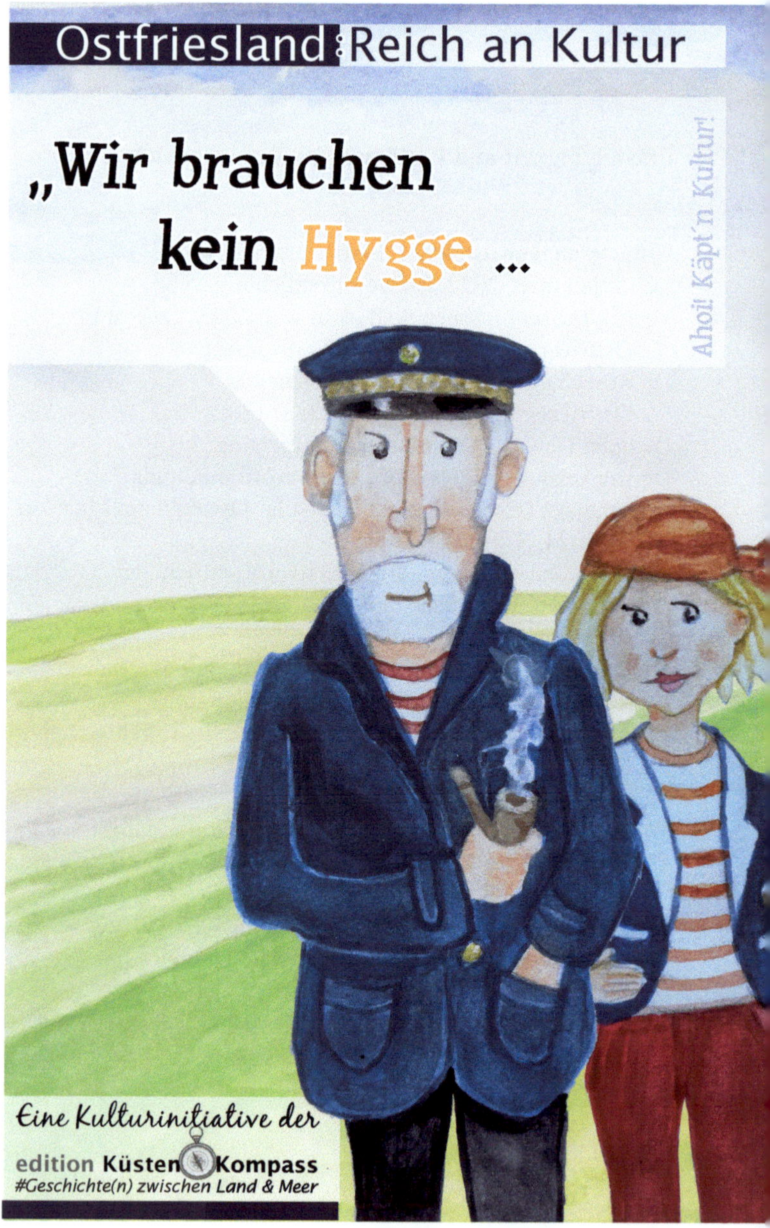
Ostfriesland : Reich an Kultur
„Wir brauchen
kein Hygge ...
Ahoi! Käpt´n Kultur!
Eine Kulturinitiative der
edition Küsten Kompass
#Geschichte(n) zwischen Land & Meer

... wir haben unseren Ostfriesentee!"

Denn seit über 300 Jahren beruhigt die ostfriesische Teezeremonie unser Gemüt.

Widmung

In dankbarer Erinnerung an den großen Leeraner Buchhändler, Verleger und frühen Aktivisten für die plattdeutsche Sprache: Theo(dor) Schuster (* 1931 – † 2016).

Seine geistreichen Publikationen und Sammlungen zur ostfriesischen Sprache und Kultur behalten bleibenden Wert. Letzteres auch, weil sein Verlag immer wieder eng mit dem Bremer Institut für niederdeutsche Sprache zusammenarbeitete und auch dessen Buchveröffentlichungen, darunter Standardwerke wie Wörterbücher oder die erste niederdeutsche Grammatik, betreute. Die vielen Preise, die Schuster erhielt, so unter anderem den Quickborn-Preis (1976) oder den Fritz-Reuter-Preis der Alfred-Toepfer-Stiftung (2000), waren verdiente Früchte dieser sinnstiftenden Gedächtnisarbeit.

Es war mir immer eine Freude, mit Theo Schuster zusammenzutreffen oder am Telefon (oft humorvoll) zu fachsimpeln: über Gott und die Welt, die (ostfriesische) Literatur- und Kulturlandschaft im Speziellen – und natürlich über seine aktuellen Buchprojekte.

Lübbert R. Haneborger

**Lüttje Vertellsels
up Platt
ut dat Oostfreesland
van vandaag**

Noodlandt in 't Paradies

In 14 pointierten Kurzge-
schichten erzählt dieser
Band von liebenswerten
Zeitgenossen, die auf nord-
deutsche Art die Heraus-
forderungen der Gegenwart
meistern. Egal, ob der
Hüter der Vogelschutzinsel
plötzlich Besuch von einer
Gestrandeten erhält, ob
ein junger Erbe die kleine
Landbäckerei seines Groß-
vaters übernehmen soll
oder eine junge Autistin
die Augen eines anderen
Fahrgastes nicht vergessen
kann. Mal komödiantisch,
mal nachdenklich oder in
Form eines Kurzkrimis:
Erst durch die plattdeut-
sche Sprache gewinnen
diese kleinen Erzählstücke
eine ganz eigene Poesie.

Lübbert R. Haneborger:
Noodlandt in 't Paradies.
Lüttje Vertellsels up Platt ut dat
Oostfreesland van vandaag.
2022, Taschenbuch, Paperback,
116 Seiten, mit zahlreichen
farbigen Abbildungen.
Books on Demand,
ISBN 978-3-755-76732-9,
10,99 Euro.

**Auch erhältlich
als eBook**

edition Küsten Kompass
#Geschichte(n) zwischen Land & Meer

Der Autor

Lübbert R. Haneborger, Jahrgang 1970, wuchs im ostfriesischen Binnenland auf und studierte Germanistik, Kunst, Soziologie und Philosophie an der Carl von Ossietzky Universität in Oldenburg. Ende 2004 folgte am dortigen kulturwissenschaftlichen Institut seine Promotion zur Bildform des Berner Hyperrealisten Franz Gertsch (1930-2022), betitelt „Aus nächster Ferne".

Neben seiner freien Tätigkeit als Kultur-Journalist für das Ostfriesland Magazin ist er auch als Sachbuch- und Krimiautor für Erwachsene und Kinder bekannt geworden – etwa mit dem Band „Das Schlosspark-Geheimnis" (für kleine Hobbydetektive), ausgezeichnet mit dem Deutschen Gartenbuchpreis 2014, oder der Broschur „Theodor Fontane in Ostfriesland. Lütetsburg – Norderney – Emden", 2020.

Gemeinsam mit Silke Arends ist er Herausgeber und Autor einer Reihe von ostfriesischen Krimianthologien, deren achter Band, „13 Mythen–13 Verbrechen", 2019 erschien.

Mit den Krimikomödien (in Hoch- und Plattdeutsch) um die „Echten Oldersumer" zeigt sich der Autor und Buchgestalter seit 2012 außerdem von seiner komödiantischen Seite.

Damit begann zugleich sein Engagement für die plattdeutsche Sprache. Auf einen ersten Erzählband unter dem Titel „Noodlandt in 't Paradies" (2022) folgte (2023) der vielbeachtete Kurzessay „Die Kultur der bildlichen Rede in Ostfriesland". Im Sommer 2024 zählte er zu den Gewinnern im plattdeutschen Schreibwettbewerb „Vertell doch mal", ausgerichtet von den NDR-Landesfunkhäusern und Radio Bremen. Seine Kurzgeschichte „Nett as ik" erschien im Sammelband der besten 26 Erzählungen unter dem Titel „Ünner de Sünn", ausgewählt von einer Jury um Botschafterin Dörte Hansen. Seit Herbst 2024 ist er zugewähltes Mitglied im Niederdeutsch-Friesischen PEN-Zentrum in Hamburg.

Auch darüber hinaus engagiert sich der Autor in vielfältiger Weise für das kulturelle Leben im Nordwesten.

Impressum

Lübbert R. Haneborger: Utflücht an de Küst.
Neje Vertellsels up Platt ut dat Oost-Freesland van
vandaag – Neue plattdeutsche Kurzgeschichten aus
dem Ost-Friesland von heute.

Bibliografische Information der Deutschen
Nationalbibliothek:
Die Deutsche Nationalbibliothek verzeichnet diese
Publikation in der Deutschen Nationalbibliografie;
detaillierte bibliografische Daten sind im Internet
über www.dnb.de abrufbar.

© Copyright: 2024-25 Dr. Lübbert R. Haneborger
              für die edition Küsten-Kompass –
              Geschichte und Geschichten
              zwischen Land & Meer, Ed. KuK 004
Lektorat: Inge Straatmann
Layout/ Fotos/ Illus/ EBV: Lübbert R. Haneborger
Autorenfoto: Anja Reuter
Grundschrift: Times
Verlag: BoD · Books on Demand GmbH,
               In de Tarpen 42, 22848 Norderstedt,
               bod@bod.de
Druck: Libri Plureos GmbH,
               Friedensallee 273, 22763 Hamburg

2. Auflage 2025
ISBN: 978-3-7693-5003-6

Hinweis:
Dieses Buch enthält frei erfundene Geschichten. Ähnlichkeiten mit Personen und Gegebenheiten wären rein zufällig – und sind nicht beabsichtigt. Auch die Fotografien dieses Bandes sind lediglich als Symbolbilder zu verstehen und stehen in keiner Weise mit den Erzählungen, den genannten Orten oder realen Gegebenheiten in Verbindung.

Danksagung

Ganz herzlich danke ich meiner Lektorin Inge Straatmann, die nicht nur meine teils mäßige plattdeutsche Rechtschreibung im Blick behält, sondern auch so manche inhaltliche Wendung – und dabei stets wohlwollend auf meine kreativen Einfälle reagiert.

Herzlich danke ich zudem Silke Arends, Wiebke Hayenga-Meyer und Anna Sophie Pijl, den Redakteurinnen und Herausgeberinnen des „Ostfriesland Magazins", für die wiederholte Veröffentlichung meiner plattdeutschen Erzählungen (s. S. 129).

LÜBBERT R. HANEBORGER

THEODOR FONTANE IN OSTFRIESLAND

LÜTETSBURG – NORDERNEY – EMDEN

Mit Theodor Fontane reiste in den Jahren 1880, 1882 und ’83 einer der bedeutendsten Schriftsteller des 19. Jahrhundertes an die ostfriesische Nordseeküste. Doch was zog den Berliner Dichter, Theaterkritiker und Journalisten geradewegs nach Schloss Lütetsburg bei Norden? Was hatten ein Pistolenduell und eine skandalöse Baronesse damit zu tun? Und warum nahm er in seinem Koffer Sand vom Norderneyer Strand mit nach Hause? Das sind nur einige der Fragen, die diese kurzweilige Broschüre anhand der täglichen Briefe und Karten an seine Frau Emilie beantwortet. Denn es gibt viel zu erzählen über all das, was Fontane – als einer der ersten preußischen Touristen – im Land der Ostfriesen erlebte ...

Lübbert R. Haneborger: Theodor Fontane in Ostfriesland. Lütetsburg – Norderney – Emden. 2020, Broschur, DIN A5, Paperback, 48 Seiten, mit zahlreichen farbigen Abbildungen.

Exklusiv erhältlich im Parkshop von Schloss Lütetsburg, Landstraße 39, 26524 Lütetsburg, (auch auf Bestellung unter Telefon: 04931/4254 oder der E-Mail-Adresse: info@rentamt-luetetsburg.de) für 5,90 Euro (plus Versand).

edition KüstenKompass
#Geschichte(n) zwischen Land & Meer

SCHLOSS LÜTETSBURG
OSTFRIESLAND